Zu diesem Buch

«‹Pardon, falls ich abweichen sollte vom Thema. Weil das ist bei mir die Gewohnheit.› Mit diesem Satz beginnt Chawa ihren Monolog. Daß sie es tut, immer wieder abweicht, gibt dem Bericht eine Fülle an Welt und Weisheit und wird dem Leser zum Gegengewicht der grausamen Wirklichkeit. Wache Augen, eine gewisse Schlitzohrigkeit und eine tiefe Gläubigkeit haben die Chawa Fränkel als Statistin in Hitlers Welttheater überleben lassen. Was Brigitte Schwaiger aus dem Rohstoff ihres Erzählens gestaltet hat, ist trotz allen Humors, der bei Chawa immer wieder durchbricht, alles andere als eine Schweijkiade. Es ist ein Blick in das Inferno des Menschenmöglichen» («Rheinische Post»).

Brigitte Schwaiger, geboren am 6. April 1949 in Freistadt/Oberösterreich als Tochter eines Medizinalrats, unterrichtete nach ihrem Studium Deutsch und Englisch in Spanien, malte und bildhauerte nebenher, kam dann über die Pädagogische Akademie zum Theater und zuletzt zum Schreiben. Sie verfaßte die Theaterstücke «Nestwärme» und «Liebesversuche», die Einakter «Die Klofrau» und «Büroklammern» sowie die Hörspiele «Steirerkostüm», «Murmeltiere», «Die Böck', die Kinder und die Fisch» und «Wie ein eigenes Kind». Ihr Erstlingsroman «Wie kommt das Salz ins Meer» (rororo Nr. 4324) wurde zu einem sensationellen Erfolg und in mehrere Sprachen übersetzt. Viel beachtet wurden auch ihr Prosaband «Mein spanisches Dorf» (rororo Nr. 4657), das Buch des Abschieds von ihrem Vater «Lange Abwesenheit» (rororo Nr. 4950) sowie ihre Dialoge mit Arnulf Rainer «Malstunde» (rororo Nr. 5361), nicht nur ein Porträt dieses Enfant terrible der Kunstszene, sondern auch ein unkonventioneller Versuch, den Leser «in die Geheimnisse der modernen Kunst einzuweihen».

Brigitte Schwaiger
Eva Deutsch

Die Galizianerin

rororo

Rowohlt

Veröffentlicht im Rowohlt Taschenbuch Verlag GmbH,
Reinbek bei Hamburg, Dezember 1984

Umschlagentwurf Werner Rebhuhn
Satz Garamond (Linotron 202)
Gesamtherstellung Clausen & Bosse, Leck
Printed in Germany
680-ISBN 3 499 15461 7

Für C. S.
B. S.

Pardon, falls ich abweichen sollte vom Thema. Weil das ist bei mir die Gewohnheit. Mein Mann hat gesagt: Du weichst ab! Hoffentlich werde ich taugen. Weil ich doch nicht weiß, wohin Sie steuern. Gnädige Frau, es gibt Leute, die viel hinter die Ohren haben! Denen muß man sehr aufpassen, was man redet. Da weiß man nicht, wo man hinkommt mit der Geschichte.

Ich habe mich hinreißen lassen einmal, und man hat mir gedroht, man wird mich klagen. Hab ich jemanden zusammengeschimpft zum Faschisten. Hab ich gesagt: Sie waren wahrscheinlich eine von denen, die den Hitler mit Hurra empfangen haben, sonst möchten Sie nicht so a Benehmen zur Schau tragen. Auf den herauf hat sie mir geantwortet, daß sie hat das Recht, mich zu verklagen. Ich hab mich dann bei einem Advokaten erkundigt. Hat er wollen wissen, ob ich bin unbescholten. Wissen Sie, ich bin in Zorn gekommen und hab hereingehaut. Fertig war es! Meinetwegen soll man mich einsperren.

Erstens einmal hab ich nicht gewußt, daß das so sehr strafbar ist. Und zweitens hab ich mir gedacht, ich nimm schon auf mir. Wann es ist draußen, es ist draußen. Sie haben geglaubt, ich werde es zurückziehen. Aber ich zieh nicht zurück. Schauen Sie, Madame, wann man hat viel mitgemacht, ist es auch kein Wunder, daß das von einem herausplatzt.

Jesus Christus steht mir näher als Ihnen, hab ich gesagt, bei Ihrem Benehmen! Heute waren Sie bei der Kommunion, und Sie benehmen sich dem zweiten Menschen gegenüber so? Er war ja aus unserm Volk!

Gottes willen, die haben mich wollen auffressen. No, dann hat sie noch nicht lockergelassen, und auf den herauf hab ich hereingehaut mit dem Faschismus. Weil ich hab gesehn, ich kann ihr mit dem nicht beikommen. Und dann ist a Ruh gewesen. Nur, es hat dann geheißen: Was haben Sie geredet, da kann man Sie doch klagen! Es tut mir leid, hab ich gesagt. Hitlerjugend, schauen Sie. Wann man das im Blut hat? Die Frau hat es mitgekriegt in ihre Jugendjahre. Sie bringt das nicht heraus von sich, wahrscheinlich. Wann wir schon darüber reden sollen, nicht wahr?

Zu mir in die Wohnung ist ein alter Herr gekommen. Blauäugig. Achtzig Jahre. No, und so, wie ich schon bin, hab ich mich erkundigt. Stellt sich heraus, er hat sich beteiligt beim Köpfen unterm Faschismus. Sagt er, nojo, i hob Dienst gmocht. Sag ich, was heißt? Und wen haben Sie geköpft? No, Juden, Kommunisten. Und die Augen waren so blau wie der Himmel!

Madame, ich werde Ihnen den Kopp volldrehen. Bin ich schon so abgewichen, sehen Sie.

Also, der Krieg hat begonnen, da war ich fünfzehn. Wann ich war siebzehn, bin ich schon mies dran gewesen. Erstens einmal bin ich in Polen geboren. Man hat gehört von dem Hitler. Ich hab Zeitung gelesen mit zwölf Jahre. Ich war irgendwie so politisch interessiert. Und es hat geheißen, so eine Mundpropaganda, daß die Juden werden auswandern nach Madagaskar. Ich wäre nicht nur mit zwei Füße, mit hundert Füße, verstehen Sie, gelaufen nach Madagaskar, meinetwegen zum Teufel wohin, nur weg von da. Und nach Israel hat man nicht können, nach Palästina. Die Familien mit sechs, sieben Kindern haben nicht gehabt die Moneten. Es sind auch reiche Juden geblieben. Die waren wahrscheinlich verblödet, irgendwie. Was der Hitler machen wird, so etwas hat ein Menschengehirn sich doch nicht ausdenken können. Und am ersten September haben wir Bombardement mitgemacht, daß Gott soll einen hüten. Wir sind davongelaufen von der Stadt, wir sind in die Wälder gelaufen. Bei uns zu Hause war so ein Fluß, da haben wir uns versteckt unter diese Bäume, daß uns die Flieger nicht sollen sehen. Dann sind sie gekommen und haben gemacht einen Beschuß von Tanks. Das hat nur so gedonnert. Die Männer haben gesagt, das ist schon die Vorbereitung daß sie hereinkommen. Sehen Sie, Soldaten! Und die Männer, die im Ersten Weltkrieg beteiligt waren, haben gesagt, daß es waren tschechische Flugzeuge, die die Bomben geworfen haben. Sie haben gewußt die Marke. Der Einmarsch, das war aber Truppe. Eine starke Truppe, die deutsche.

Ich werde Ihnen sagen, damit ich nicht lügen soll. Meine Mutter hat auch mitgemacht den Ersten Weltkrieg. Sie war noch Österreich-Ungarn. Der Vater hat k. u. k. vier Jahre gedient. Meine Mutter hat gesagt, die Deutschen waren einmal auch dort in dieser Gegend, weil sie haben die Russen verjagt. Verstehen Sie, zurückgeschlagen. Aber die deutschen Soldaten waren so kultiviert, so nobel. Verstehen Sie, im Ersten Weltkrieg.

Das war mir so von Kindheit irgendwie im Gedächtnis, was die Mutter so erzählt hat.

Also, sind sie hereinmarschiert, eines schönen Tages, so wie jetzt wir haben herrliche Sonne. Gleich haben sie aufgestellt die Kanonen, dann haben sie gesagt: sechzig Kilometer die Kanonen weiter, und dann fangt es aufs neue an zu donnern, also die weitere Front verjagt.

Eigentlich hätte ich sollen in die Handelsschule kommen. Ich war ziemlich gute Schülerin. Die Lehrerin hat meiner Mutter zugeredet, ich soll weiterstudieren, und da war meine Mutter in Verhandlung mit ihrer Verwandtschaft, weil ich hätte müssen in eine andere Stadt zum Studium fahren. Schließlich waren wir ja sieben Kinder, und man hätte mich sollen dort irgendwie wohnen lassen.

Meine Gefühle betreffend diesen Hitler waren, daß er uns umbringen wird. Ich ergreife das irgendwie durch die Luft, ich bin empfindlich, ich empfange, wie sagt man das? Der Blick von ihm hat mir nicht gefallen. Der Blick war irgendwie so wie von einem Wahnsinnigen, so ein besessener Blick. Und ich war Polin. Selbstverständlich Jüdin, aber Patriot. Und wann er will das Land besetzen? Hat mir nicht gepaßt.

Ich bin Galizianerin, vom Kaiser Franz Joseph seine Völker. Mein Vater, mein Großvater, alle waren sie k. u. k. Der Kaiser war ihnen der halbe Gott, und ich hab gelernt Geschichte und alles, und einmal hat mein Geschichtslehrer geschimpft auf Kaiser Franz Joseph.

Hat mich die Wut gepackt. Aber ich bin ruhig geblieben. Die Nerven haben gearbeitet in mir, aber als Schülerin hat man nichts sagen dürfen. Ich hab müssen polnischer Patriot sein. Ich war eh Patriot, aber in anderem Sinne, verstehen Sie. Ich hab mich als Galizianerin gefühlt, zugehörig zu Österreich-Ungarn, und ich fühl mich hier gar nicht in der Fremde, genug gesagt? Wann man mich mit Antisemitismus nicht beißt!

Wir Juden haben gewußt, daß wir haben nichts Gutes zu erwarten. Also, ich hab noch nicht den Hitler vor mir gesehen. Hab nur gesehen Soldaten, und auf die Juden, und denk ich mir: das sollen sein die anständige Menschen? Vorbereitet gewesen und geschaut wie blöd. Hat man die Juden gepackt bei die Bärte, haben sie gesehen diese Juden mit diese Bärte, diese Kaftan und Locken. Das war ihnen ja auch fremd. Weil in Deutschland ist es wahrscheinlich nicht modern gewesen. No, haben sie angefangen zu zupfen die Juden bei diese Bärte.

Ausgerechnet in unser Haus haben sie sie hereingeführt. Da war so ein Durchgang, dort sind in der Nacht Pferde gestanden mit Kaleschen von Grafschaften, die haben dort vor Regen, vor Frost geschützt ihre Pferde, und also ausgerechnet in unserm Haus hat das sein müssen, daß sie haben genommen a Schere und haben angefangen, die Bärte abzuschneiden und gefraßt von oben herunter, herein, heraus! Diese Ohrfeigen sind nur so geflogen, pamm, hin! Pamm, her! Einem sind die Zähne herausgeflogen. Ein paar haben sie abgeführt. Da hat man gehört Schüsse. Die sind nicht zurückgekommen.

Was die Polen betrifft und die Ukrainer bei uns, die haben auch geschaut wie blöd. Über Jahrhunderte miteinander gelebt! Ein paar Juden haben sie nach Hause gelassen, mit Tritten, mit herausgeschlagenen Zähnen, mit blaue Augen. Geschäftsleute, Handwerker. Alle hab ich gekannt. Bin ja ein aufgeweckter Mensch gewesen. Ich bin so a Kind gewesen, gnädige Frau, ich hab jeden gekennt, wann ich auch nicht mit jedem gesprochen hab.

Mit Männern war bei uns nicht gestattet zu reden. Ich hab Strümpfe getragen im Hochsommer, Ärmel bis zum Ellbogen, da hat können sein a Hitze, wie Sie wollen. Ohne Strümpfe hat man als Mädel nicht dürfen sein.

Der Vater war an dem Tag unterwegs, der hat aber was mitgemacht in Přemysl. Sie haben dort die Juden direkt schon in die Wohnungen erschossen. Mein Vater ist heimgekommen. Ach, hat er gesagt, wir sind alle verloren.

Weil er gesehen hat, die sind hinein in die Wohnungen, jüdische Familien, der Hausherr ist dort gesessen, a älterer Herr, und der Deutsche hat herausgenommen die Pistole und abgeknallt. Er hat von ihm nix wollen, der Deutsche. Nur morden hat er wollen.

Unser Haus war ebenerdig. Ein Geschäft haben wir gehabt, eine Haupttrafik. Wir haben gehabt jüdische Namen, auch eigene Matrikel, Sie verstehen mich? Bei uns haben die Juden sich selbst die Geburtsscheine geführt. Aber es hat auch gegolten für die Gemeinde. Bei uns, wann ein Kind ist geboren worden, war dort ein Herr, zu dem ist man hingegangen, der hat das eingetragen ins Buch.

Bei uns gibt man die Namen nicht aus der Luft gegriffen, sondern nach den Verstorbenen. Nach Großeltern, nach Onkeln, nach Tanten, nach Geschwistern, wann sie nicht mehr am Leben sind. Oft auch nach dem Vater, wann er zufällig gestorben ist.

Also, ich heiße weltlich Eva, aber de facto bin ich Chawa. Das ist hebräisch gesagt. Und ich hab immer haben wollen Zöpfe. Joj, war ich in Zöpfe verliebt. Aber meine Mutter: Was willst du haben? Du kannst nur haben Zöpfe wie von an Schwein a Schwanz! Mit deine Haar kann man doch ka Zöpfe machen. Hab ich geweint! Aber meine Mutter hat mich zum Friseur genommen, Bubikopf, und die Sache war abgetan. Wir sind blond zur Welt gekommen, gnädige Frau! Meine Mutter war eine Blondine! Weißer Teint, blaue Augen. Lea hat sie geheißen, ein biblischer Name.

Die Geschwister, die nach der Mutter geraten sind, waren schön. Sehr schön sogar. Blondes Haar, weißer Teint, helle

Augen. Nach des Vaters Seite waren wir dünkler, und ich bin wahrscheinlich nach dem Vater.

Kürzlich hab ich Besuch gehabt aus Israel, da hat die Kusine gesagt: Du gehörst zu unserer Familie überhaupt nicht, du bist so a Schwarze! Ich bin dunkel geworden, gnädige Frau. Meine Mutter war sogar fast rotblond, und die Zöpf hat sie getragen als Gretel, wie sagt man? Hab ich gesehn a Bild von ihr als Mädel, mit die Zöpf so angebunden an die Ohren. Das war damals modern. Schöner Mensch gewesen, meine Mutter. Gesetzte Person! Sieben Kinder zur Welt gebracht.

Meine Mutter hat meinen Vater nicht gesehen bis zur Hochzeit. Bei uns kommt man ja zusammen durch Vermittlung. Die Männer besprechen sich das, und dann macht man eine Verlobung ohne die Braut. Die Braut wird nicht einmal recht gesehen, und sie sieht den Bräutigam erst bei der Hochzeit. Sie haben ka Ahnung, was für Tradition! Schrecklich kompliziert ist das bei uns. Nach Ritus wird geheiratet. Standesamt, das ist separates Faszikel. Genau kann ich Ihnen nicht sagen, ich war doch nicht dabei, bei der Hochzeit von meiner Mutter! Aber meine Mutter hat geheiratet, ohne ihren Mann zu kennen.

Eines hat sie mir erzählt. Was mir komisch vorgekommen ist. Schauen Sie, ich hab die Eltern verloren. Und meine Mutter hat vieles so erzählt, aber auch nicht erzählt! Ich weiß nicht, was zwischen Frauen dort so gesprochen worden ist. Aber ich hab nur aufgegriffen manches. Angeblich soll meiner Mutter vorne ein Zahn gefehlt haben, und angeblich soll mein Vater konstatiert haben, daß ihr ein Zahn gefehlt hat. Nach der Hochzeit, auch Kinder waren schon geboren, und er hat ihr das als Vorwurf gemacht. Meine Mutter hat das als Witz nur erzählt, und mir ist das auch komisch vorgekommen. No, und? Was Männer sind! Und, was das Schicksal haben will, meine Mutter ist umgekommen mit gesunde Zähne, und mein Vater hat sogar frühzeitig alle verloren.

Mein Vater hat hineingeheiratet. Er war ein modernerer Mensch gewesen, auch wann er hat getragen diesen Kaftan und diese Peies. Nur, er hat Pantalon gehabt. Wie nennt man das? Hosen. Es war bei uns so Sitte, daß die Männer solche Strümpfe getragen haben, wie man den Mozart abgebildet sieht. Die Strümpfe waren über die Hosen, und darüber dieser lange Kaftan bis zu die Knöcheln. Im Zimmer, leger, haben sie einen Überwurf über sich gehabt. Und eben das Bein im Strumpf mit Stiefeletten. Im Hochsommer haben sie Schuhe getragen, so wie wir als Frauen. Niedriger Stöckel, elegant, schustergemacht, nach Maß. Was glauben Sie!

Also, Einmarsch. Kanonen haben geschossen. Es sind gerollt die Wagen, die Panzer, das Militär, die Küchen, was Sie wollen, mit allem Drum und Dran. Tag und Nacht gerollt und vorwärtsgetrieben. Dann hat es geheißen: stopp. Rückzug. Die haben gejagt. Motorisiert alles. Schnell!

Wir sind beinah taub geworden von dem ganzen Geträller. Und dann ist die Rote Armee gekommen, die Russen, als Befreier.

Von den Russen hat meine Mutter keine gute Meinung gehabt. Sie hat doch mitgemacht den Ersten Weltkrieg. No, und ich war unbefangen. Aber, die Wahrheit gesprochen, die Russen waren sehr anständig. Sie haben sich nicht benommen wie zum Schluß, wo sie vergewaltigt haben. Sie waren sehr diszipliniert, haben nicht gestohlen, nicht geraubt, haben alles gezahlt.

Und so, wie die Russen schon sind, gleich waren sie da mit ihrer Propaganda. Haben sie aufgestellt mitten in der Stadt eine große Leinwand, und in der Nacht haben sie vorgeführt. Stalin! Nicht direkt, aber im Film. Und dieser Molotow und das alles. Und wir haben geschaut. Das war doch für uns etwas Neues!

Die russischen Soldaten haben den Kosaken getanzt und so. Sie haben vorgeführt. Sie haben wollen der Bevölkerung imponieren. Gut. Den Film hab ich angeschaut. Und wie die Russen getanzt haben auch. Alle waren wir draußen! Schließlich sind wir froh gewesen, daß die Deutschen weg waren. Auch die christliche Bevölkerung hat es nicht schlecht aufgenommen. Es war irgendwie die Stimmung fröhlich. Nicht niedergeschlagen. Umgekehrt! Vor den Deutschen hat man sich gefürchtet. Die Juden besonders, aber die Christen auch. Kaum sind die Deutschen dagewesen, haben sie doch niedergeknallt! Die Intelligenz, die polnische Intelligenz, gleich abgeknallt! Unseren Schuldirektor haben sie sich ausgewählt, dann haben sie sich den Apotheker herausgeschleppt. Bei Hitler waren die slawischen Völker doch die Hunde. Was war a Pole bei ihm? Gar nix war er. A Hund. Auf die Intelligenz hat er es besonders abgesehen gehabt.

Unser Schuldirektor war a Advokat auch. Ein großer Patriot. Zufällig a sehr anständiger Mensch. Seine Tochter mit mir in einer Klasse. Vier Kinder hat er zurückgelassen. Ganz einfach abgeführt hinter a Gebüsch oder wie. Und abgeknallt. Auf eigene Faust haben sie gearbeitet. Vielleicht sogar einen Befehl gehabt? Oder ohne? Ich hab mich nicht ausgekannt bei die Soldaten, ob das a Totenkopf war oder ka Totenkopf, ich hab sie doch nicht einmal anschauen wollen. Ich hab mich gefürchtet, sie anzuschauen.

Ja, und dann haben wir diese Russen irgendwie mit Freude empfangen. Und dann hat es geheißen, die kommen weg. Erst die Deutschen. Dann die Russen. Dann die Russen weg. Dann die Deutschen zurück.

Sie haben sich doch das Polen aufgeteilt, Hitler, Stalin, Hälfte mir, Hälfte dir! No, und wie wir erfahren haben, daß die Russen weggehen, alles stehengelassen!

Es ist gekommen aus Kattowitz eine Verwandtschaft. Ihr Mann hat es nicht erlebt, noch zu uns zu kommen. Die Deutschen haben ihn unterwegs erwischt und haben ihn abgeknallt. Sie war eine Kusine von meiner Vaterseite, mit zwei Kindern. Ist schon ein paar Tage früher bei uns eingetroffen. Ein maturierter Mensch, deutschsprachig gebildet, modern, und da hat sie einen deutschen Offizier angesprochen, hat sich erkundigt, was sie machen soll. In ihrer Gesinnung war sie nicht für die Russen. Vielleicht sogar deutschgesinnt. Nicht hitlergesinnt, nur deutsche Kultur. Hat deutsche Schulen absolviert. Ich hab es zugehört, das Gespräch. Fragt er, der Offizier: Sie sind Jüdin? Hat er ein bissel nachgedacht.

Hat sich umgeschaut, ob wer zuhört. Er war vorsichtig, der Deutsche. Hat er gesagt: Wann Sie Juden sind, ist es besser, wann Sie gehen auf die russische Seite. No, mehr hat man nicht gebraucht!

Irgendwie einen Wagen hat man gemietet mit zwei Pferde, heraufgesetzt die Familie, noch jemand, was man hat gekannt, ein Binkel genommen und hinüber über die Demarkationslinie. Keine Geschichten gemacht! Besser zu die Russen. Ich hab mirs eh gedacht.

Ich hab gemerkt den Blick von dem Offizier. Irgendwie so eine Befangenheit. Aber die Verwandte hat sich nicht entschließen können. Sie war deutschgesinnt. Deutsche Kultur! Diese Unmenschlichkeit hat sie sich nicht vorstellen können. Das hat sich doch ka Mensch vorstellen können. Ein Menschengehirn kann sich das nicht einmal ausdenken! Diese Verwandte hätte gekonnt auswandern, wann sie hätte begriffen. Aber man war vertrottelt, wie man das sagt. No, und wir sind dann geflüchtet auf die andere Seite, und wir haben bei einer Familie gewohnt, neun Personen in einem kleinen Zimmer, auf dem Fußboden gelegen.

Aber bei den Russen! Und ich war irgendwie aufgeweckt. Ich komm heraus auf die Straße, seh ein großes Plakat. Lese ich es durch. Aufforderung von der russischen Kommandantur, die Flüchtlinge sollen sich melden, sie werden einwaggoniert, daß sie werden ins Innere des Landes geführt. Es war noch Polen, aber das ist heute auch noch Rußland.

Und es war doch Kriegsrecht. Muß man sich doch fügen? Also, in die Waggons. Einwaggoniert in solche Viehwaggone. Und der Zug hat angefangen zu laufen. Mitgenommen Kleinigkeit, Garderobe nur, Schmuck. Meine Mutter hat den Schmuck mitgenommen. Na, logisch, a bissel Geld, a Decke. Mehr hat man doch nicht gekonnt. Es war ka Zeit. Die Kinder klein noch. Etwas um anzuziehen. Mehr nicht. Wer mehr hätte mitnehmen wollen, der hätte müssen dann zum Opfer fallen, den Deutschen wieder in die Hände.

Ich hab gesagt zu meinem Vater: Fahren wir nach Rußland! Weil mich hat fasziniert dieser Film. Und auch das Benehmen von die Russen. Fahren wir ganz hinein nach Rußland, hab ich gesagt, wir werden dort in die Schule gehen, wir werden noch studieren!

Mein Vater hat aber leider Gottes anders gedacht, und wir sind abgestiegen in Wobitsch. Polen. Aber jetzt gehört es auch zu Rußland. Und ich hab a mieses Gefühl gehabt, in der Nacht, wie wir ausgestiegen sind vom Waggon. Ich sage Ihnen, wir waren die einzige Familie, die ausgestiegen ist.

Der Vater hat dort Verwandtschaft gehabt. Was, sagt er, nach Rußland sollen wir? Dort haben die Leute nicht einmal ein Paar Schuh! In Galoschen gehen sie herum! No gut, was ist mich angegangen Galoschen, nicht Galoschen? Ich hab vor mir gesehen eine Schule, Bildung. Für die kleineren Geschwister die Möglichkeit zu schulen. Ich hab doch nicht gewußt, daß wieder ein Krieg kommen wird.

Also, mein Vater ist ausgestiegen mit uns. In Drogobycz, weil ein Rabbiner war sein Verwandter, und er hat auf ihn gebaut. Hat geglaubt, er hat dort einen Verwandten, braucht er nach Rußland nicht zu fahren. Es war doch aber a Blödsinn gewesen. Was hat der Rabbiner viel machen können? Wir waren doch neun Personen.

Unmöglich, bei den Verwandten zu wohnen. Er war nicht ein Oberrabbiner, er war nur so ein Seitenrabbiner. Nicht a minderwertiger Rabbiner, aber er hat nur gehabt seine Klause. Er war nicht arm, er war nicht reich. Also, der Staat hat uns zugeteilt so a Dachboden. Gottes willen, am Fußboden geschlafen.

Wie wird man sich da durchschlagen ohne Einkommen, fremd in der Stadt? Die größeren Brüder haben angefangen, sich zu suchen Arbeit. Haben aber nichts bekommen. Und sie haben angefangen zu handeln auf schwarz, wirklich wahr. Die Buben, die zwei, mit russische Zigaretten haben sie so irgendwie Spekulationen gemacht. Mein Vater hat nicht getaugt. Und der kleinste Bruder war noch der geschicktester, der ganz kleiner. Elieser.

Der größere, der Elias, das war der Arbeitstier. Der ist gegangen Holz sägen. Irgendwie hat er sich verschafft a Säge. Ich hab nichts gemacht, weil ich war noch nicht irgendwie assimiliert, wie man das sagt. Noch ganz verwirrt gewesen. Mir hat das nicht gepaßt, daß der Vater ausgestiegen ist. Ich war mißgestimmt. Ich hab wollen nach Rußland. Ich hab so a Vorstellung gehabt, man kann dort a Mensch sein. Ich hab wollen sehr studieren.

No, die Kinder haben nach Hause gebracht das Geld, und man hat von dem irgendwie gelebt. Teuer alles, Sie wissen, a Krieg. Man hat ka Brot gekriegt, ka Erdäpfel. Alles auf schwarz gekauft geworden. Rubel haben wir bekommen anstatt diese Zloty. Man hat gehandelt mit Geld. Ich hab mich nicht beteiligt, weil ich bin doch so erzogen. Und zu wenig talentiert. Und a Frost, a Kälte. Nichts zum Heizen. Kein Holz, keine Kohlen. Aber gut, wir haben das nicht gespürt. Kinder sind ja lebhaft. Dann heißt es, wir müssen nach Drogobycz, wir dürfen da nicht bleiben.

Irgendwo a Zimmer hat man uns gegeben, irgendwie a Ofen ist dort gestanden. Die Mutter hat gekocht irgendwie a Suppe oder weiß ich. Wann man einen Hitler gesehen hat, was er kann, dann hat man alles verkraftet. Um Delikatessen ist es uns nicht gegangen. Also, wenn man noch zusammen ist, ist es einem nicht schwer. Nur meine Mutter war geschlagen, seelisch. Sie hat doch gesehen. Wir haben nicht verhungert, glauben Sie nicht! Noch nicht. Wir haben noch die Kräfte gehabt, weil wir noch gesättigt waren. Aber dann hat es geheißen, man darf nicht bleiben, man muß sich melden aufs neue.

Ich hab das russische Alphabet schon gelesen. Es war polnisch und russisch geschrieben. Aufforderung, wer nach Hause fahren will auf Hitlerseite, soll sich melden, diesen und diesen Tag. Wer hierbleiben will, soll sich ebenfalls melden.

Also, jetzt war eine Beratung in der Familie. Und mein Vater, er soll es mir verzeihen im Himmel, hat gesagt, wir

Zigaretten ...

... das beste Zahlungsmittel in schlechten Zeiten. Freuen wir uns, daß wir in Zeiten leben, wo Zigaretten zwar weniger wert sind, dafür aber die Schornsteine rauchen ...

werden zurückgehen. Stellen Sie sich vor, zurück! Und ich habe gesagt: nein. Wir gehen nicht zurück! Wir bleiben da. Und meine zwei ältere Brüder sind gegangen auf diese Kommandantur und haben uns, die ganze Familie, registriert, daß wir bleiben. Und diejenigen, gnädige Frau, die sich gemeldet haben, daß sie wollen zurück, zu diejenigen ist man gekommen in der Nacht mit Lastwagen, man hat sie in die Nachthemden herausgeschleppt und nach Sibirien transportiert! Aber das war für sie teilweise ein Glück gewesen, weil sie dort lebend geblieben sind. Was sie mitgemacht haben in Sibirien, ist separates Faszikel. Als Gefangene, verstehen Sie, Kommunisten, polnische, Flüchtlinge, nicht nur Juden, Flüchtlinge! Als politisch unverläßlich. Stalins Trick. Ich hab ka Trick verstanden, ich hab nur nicht wollen zu die Deutschen.

No gut. Wir waren gemeldet, daß wir bleiben. Haben sie gesagt: Ihr könnt nicht bleiben, ihr müßt hundertzwanzig Kilometer weiter ins Innere! Haben sie uns zur Verfügung gestellt Wagen, Pferde. Aufgeladen die Familie, Richtung Brzezany, durch Lemberg irgendwie. Dort haben wir zu bleiben. Wir waren ihnen auch nicht verläßlich.

Verstehen Sie, Davongelaufene. Ist mir nicht entgangen das russische Wort: Biesenzy. Sie haben vermutet Spione zwischen die Davongelaufene und haben auch gesiebt! Vielleicht waren auch eingesickert welche. Durch den San, das ist zweitgrößter Fluß in Polen, ist mancher im eiskalten Wasser durchgeflossen von der deutschen Seite auf die russische. Haben sie sie aufgenommen, haben sie sie abgeknallt. Haben gesagt, die Deutschen schicken ihnen Spione.

Und wieder am Fußboden, ka Radio, ka Zeitung. Mich hat das dann aufgehört zu interessieren. In dem Moment, wo wir waren im Inneren, hab ich schon diesen Verfolgungswahn nicht mehr gehabt.

Kommen wir nach Brzezany also, auf russischen Befehl, müde, abstrapaziert, hundertzwanzig Kilometer mit dem Wagen gefahren. Hitze, Juli, glaube ich. No, bei uns Kindern hat es nicht so eine Rolle gespielt. Das tu ich nur jetzt so denken. Meine Eltern müssen aber darunter gelitten haben. Und wir kommen an, todmüde, legen uns auf den Boden, schlafen. Und ich habe einen Traum.

Blitz ist hinein ins Zimmer. So hab ich geträumt. Feuer hab ich gesehn. Und die Familie, die sind alle nur so zerflogen. Zimbr! Zambr! Zerflogen! Ich bin durchs Fenster und hab mir die Haare gezogen im Traum, und ich hab so schrecklich geschrien, daß ich allein bin, daß alles ist umgekommen. Hab ich so schrecklich geschrien mit dem ganzen Hals. Rette! Hab ich geschrien.

Weck ich mich auf. Was ist da? Doch nur ein Traum gewesen. Alles hat schön ruhig geatmet. Wissen Sie, ich hab es meinen Eltern nicht erzählt, daß ich so schrecklich gesehen habe.

Jetzt hat dieser Traum mich aber verfolgt, irgendwie. Ich hab ihn in mir getragen. Mit dem Vater hab ich mich nicht ausgesprochen. Ich hätte es gekonnt meiner Mutter erzählen, aber es war keine Zeit zu reden.

In der Früh stellt sich heraus, man hat uns weggestohlen. Also, in dieser Nacht, da sind herein Banditen und haben uns beraubt. Haben herausgeschleppt, was sie haben können. Anzüge von die Brüder, Mäntel, Bekleidung. Ein Winter kommt oder was! No ja, die Nachbarn haben dann angefangen hin, her! Haben gebracht Milch, Brot. Also, alles weggestohlen. Was werden wir tun? Jetzt hab ich mir gedacht, ich muß schon irgendwie einen Posten annehmen.

Was mir zurückgeblieben ist, hab ich mir angezogen. Genau weiß ich nicht, was. Wahrscheinlich war ich nur bescheiden gekleidet. Nicht armselig, nicht modebedingt, aber alles hat Maß gehabt, war genäht, mit Schneiderin gemacht, Schuhe vom Schuster. Es war Qualität. Hat doch lange gehalten!

Komm auf die Straße, schau mir an die Stadt. Geh ich durch die Stadt. Dort war ich wie verloren. Dort hab ich mich nicht ausgekennt. Ich hab doch wollen ganz hinein nach Rußland. Man soll nach Rußland gehen. Es hat mir nicht gepaßt.

Aber jetzt muß ich irgendwie einen Posten bekommen und sprech dort einen Mann an, auf der Straße. Sag ich: Ist da irgendwo ein Arbeitsamt? Polnisch hab ich gesprochen. Die Leute dort haben irgendwie so ukrainisch geredet, aber man hat Polnisch auch verstanden. Die Leute haben sicher gewußt, was ich frag. Und ich frag, frag weiter, frag weiter, und auf einmal sagt man: Gehn Sie da, gehn Sie dort! Man hat mich weit geschickt, bis ich auf einmal komm zu so einer Art Villa, schön gelegen, mit Garten. Na, was wollen Sie denn? Ich such an Posten! Na, gehen Sie da hinein! Man wird mir schon weiter sagen.

Gnädige Frau, wann dort wäre eine Wache gestanden, ich hätte nicht einmal hineinkommen können. Das war die Kommandantur!

Wo die Wache war, wie ich hinein bin, weiß ich nicht. Wann ich herausgekommen bin von dort, war schon die Wache da. Das ist aber irgendwie Gottes Fügung. Ich glaube, es ist Gottes Wille so. Weiß der Teufel, wo war der Soldat, wie ich hineingegangen bin?

Auf einmal kommt gestiegen a Herr. Wen suchen Sie? Sag ich: Ich suche eine Arbeit. Fangt er an zu lachen. Direkt gelacht hat der Mensch. Wie sind Sie da hereingekommen? Durch die Tür bin ich hereingekommen! Also. Der muß sich seinen Teil gedacht haben. Gut. Konferenztisch, Fauteuil. Eleganz. Teppiche. Parkett. Wer weiß, wem sie das konfisziert haben. Also. Von wo sind Sie? Welche Schulen haben Sie? Was wollen Sie? Sag ich, daß ich möchte in einem Geschäft arbeiten. In was für einem Geschäft? Ganz gleichgültig, jedenfalls als Angestellte. Wir sind da hergekommen, hab ich gesagt, wir verhungern da, man hat uns auch bestohlen, der Vater taugt nicht, hab ich gesagt, er wird sich nicht dazunehmen, ich seh da gar keine Aussicht, daß unser Vater uns noch ernähren wird können, wir werden da wahrscheinlich irgendwie verhungern, hab ich gesagt, ich muß einen Posten annehmen.

Wissen Sie, Madame, diesem Mann hat das gefallen, daß ich so aufgeschlossen bin. Jetzt ruft er telefonisch an dort jemanden. Ich hab nicht einmal recht gehorcht, was er da redet.

Und gibt mir a Zettel und sagt: Morgen gehen Sie auf diese und diese Straße und melden sich dort und dort beim Beamten. Ich hab mir den Zettel aufgehoben. Meinen Eltern kein Wort gesagt. Ich hab doch noch nichts gehabt in der Hand! Und schwere Mühe den nächsten Tag, bis ich dieses Büro gefunden habe.

Empfangt mich ein Sekretär. Nennen wir ihn einen Sekretär, ja? Aber das war zufällig ein Advokat. Doktor Babiak hat der geheißen. Und wie ich so spreche, sagt er: Ah, sind Sie Polin? Sag ich: Ja. Ah, von wo? Dort und da! Aber so singen tun Sie, sagt er, eine singende Aussprache! Bin ihm sehr sympathisch gewesen. Also, was? Wir haben das und das zu besprechen. Gut. Ich werde warten, bis ich drankomme.

Dann öffnet sich eine Tür. Man macht auf die Tür, steht dort ein Herr. Also, wer sind Sie? Bitte, diesen Zettel hab ich, ich soll mich beim Direktor melden. Nun, was wollen Sie? Sag ich: Ich will mit dem Direktor sprechen. Na, was wollen Sie vom Direktor? Das war ja komisch! Sag ich: Was soll ich Ihnen erklären, was ich vom Direktor will? Ich werde schon dem Direktor sagen, was ich will! Also, ich bin der Direktor.

Er hat aber nach einem Direktor nicht ausgeschaut, Madame. Er war de facto nur ein Kellner. Ein Oberkellner, aber Kommunist. Na, ich hab eine Nase gehabt. Ich hab in ihm gesehen keinen Intelligenzler. Der Mann, der mich zu ihm geschickt hat, der war intelligent. Ich hab nicht reden wollen mit dem. Mich kapriziert, ich muß zum Direktor. Also, wann er sagt, er ist der Direktor? Er hat wirklich nicht nach Direktor ausgeschaut. Er hat nicht einmal recht die Schriftsprache beherrscht. Lassen Sie sich gesagt sein! Kommunist! Da, da. Gut. Also.

Kommen Sie! Zettel abgenommen. Wir haben da ein Lebensmittelgeschäft, sagt er, der Mann ist dort allein, ich werde Sie zuteilen. Wissen Sie, wohin zu gehen? Sag ich: Wie kann ich wissen? Ich bin in der Fremde! Also, gut, ich begleite Sie!

Stellen Sie sich vor, der Direktor hat mich begleitet tatsächlich. Der Direktor hat begleitet mich bis ins Geschäft hinein und sagt zu diesem Herrn, er hat geheißen Pindek, sagt er: Herr Pindek, nein, nicht einmal Pindek. Nur: Genosse. Genosse Pindek, hier haben Sie eine Hilfskraft. Ab heute ist sie bei Ihnen Verkäuferin. Haben Sie einen weißen Kittel? Geben Sie ihr einen weißen Kittel! Sie kommt hinter die Pult, sie ist Verkäuferin!

Das war eine Kooperative von sämtliche Lebensmittelgeschäfte in der Stadt. Also gut, ich bekomme einen Mantel, stehe im Geschäft, kommen Leute einkaufen, ich ordne mich ein. In der Mittagspause ich gehe zu meiner Mutter und sage: Ich hab einen Posten.

Die glauben, ich hab durchgedreht. Eigentlich schon möglich bei solche Sachen. Ja, ich hab einen Posten, ich steh im Geschäft und bin Verkäuferin. Wo? Da und dort.

Und die kleineren Geschwister, Mama! Ob sie mitgehn dürfen! Sie wollen sehen!

Sie wissen, wie Kinder sind, kleine. Hab ich gesagt: Dort darf niemand hineinkommen, das ist ein Geschäft. Aber begleiten könnt ihr mich, daß ihr sollt sehen, wo ich bin.

Also, die sind mir nachmarschiert wie die Enten. Und haben dort nur so die Köpfchen hereingeguckt. Und nicht getraut, weil ich sie eingeschüchtert hab, die Kleinen. Schauen Sie, ich hab nicht wollen haben Unruhe. Ich war sechzehn, aber ich hab mir gedacht: es ist ein Geschäft. Geld. Ware. Mangelware. Jetzt, von meiner Familie kommt jemand, ich bin imstand, ihnen zu geben. Es darf kein Tritt hinein. Nur von draußen! Und die armen Teufel haben dort hereingeguckt. Nach einem Monat hab ich den Gehalt bekommen, auf den Tisch gelegt, fertig!

Ja, ich muß dann zur ärztlichen Kontrolle gehen. Habe bekommen Impfungen gegen Typhus und Verschiedenes. Was man bei Lebensmittel haben muß. Und ich hab mich müssen gynäkologisch untersuchen lassen, auch noch dazu. Keinen Verstand gehabt! Nicht gewußt, was es heißt! Absolut nichts verstanden von dem! Man hat uns zwar in der Schule gelehrt, aber das ist so schnell durchgegangen. Bin von meiner Mutter auch nicht aufgeklärt geworden. Wie ich habe bekommen die Periode, hab ich geglaubt, jetzt sterbe ich. Das hat aber die Mutter nicht gut gemacht, gnädige Frau. Sie hätte mich sollen vorbereiten. Jetzt komm ich zum Gynäkologen. Füße auseinander. Ach, ich schäme mich. Ein Mann. Ein Doktor. Gottes willen. Was soll ich nur tun. Keine Geschichten, also? Gemma! Dann ist dort ein Gelächter gewesen zwischen diese Männer. Es waren ja Assistenten dabei, und ich bin ganz rot geworden auf dem Gesicht. Und dann bin ich zurückgekommen ins Geschäft. Sie haben mich auch ausgelacht. Ich hab nicht einmal gewußt, warum.

Dann hat sich langsam dieser Geschäftsleiter informiert, wir sind Flüchtlinge, das, jenes. Hat angefangen, bissel Mitleid zu bekommen. Meine Geschwister sind wieder gekommen so hereingucken. Sagt er: Warum laßt du nicht herein deine Geschwister? «Du» hat er mir gesagt. Sag ich: Sie haben da im Geschäft nicht was zu suchen. Ruf sie nur schön herein! Na, gut. Wann er sagt? Ah, nur herein. Bitte! Da hat er genommen Mehl, Zucker, Brot, jedem in die Hand. Jetzt geht nach Hause! Na, was du machst, mach ich nicht! Weil jedes Monat ist abgerechnet worden, und da hat nicht dürfen ein Manko sein. Ich werde doch nicht etwas stehlen!

Gnädige Frau, ich bin doch ein ehrlicher Mensch. Mein Großvater war Haupttrafikant. Magazine haben wir gehabt, die Leute von der Umgebung sind zu uns gekommen, die Ware holen. Manche sind gekommen mit Pferd und Wagen. Im Winter mit Schlitten. Man hat genommen a Kiste mit Tabak. Da hat man geführt Marken, Stempel, was Sie wollen! Schreibzeug, alles mögliche. Mein Großvater war so weltlich. Und trotzdem gebildet.

Gnädige Frau, ich stamme von Gelehrte sogar. Der Pindek hat mir selbst mitgegeben. Unentgeltlich. Er hat Überschuß gehabt. Und so man hat nicht dürfen haben Überschuß, wie man hat nicht dürfen haben Manko.

Ich werde Ihnen erklären. Wann du hast Manko, hast du gestohlen. Hast du Überschuß, hast du die Bevölkerung bestohlen. Aber wie ist das Überschuß entstanden? Das werde ich Ihnen sagen. Ein Semmel hat gekostet, nehmen wir an, neunundneunzig Groschen. Jetzt sollen Sie den Groschen herausgeben. Einmal haben Sie ihn, einmal haben Sie ihn nicht! Und gewöhnlich hat er ihn nicht gehabt. Der Plus hat aber auch nicht sein dürfen. Aber nachdem er gesehen hat, daß ich rechnen kann und weiß, was sich tut, hat er wahrscheinlich mich auch ködern wollen, damit ich schweigen soll. Ich hab es nicht einmal so aufgefaßt. Ich hab es aufgefaßt als Gutmütigkeit. Schließlich waren wir ja in Not. Da hat er mir mitgegeben, Graupen, Grütze, was Sie wollen.

Einmal sind Schlangen gestanden, daß Gott soll einen hüten! Menschen haben beinah die Tür eingebrochen, und er hat unter den Pult gegeben für uns. Er hat sich sicher mehr genommen. Was er mir gegeben hat, hab ich genommen. Warum nicht?

Dann haben wir uns beteiligen müssen an verschiedenen Manifestationen. Russisches Kommando. Zusammenkünfte als Betrieb, verstehen Sie? Eines schönen Tages sind wir zu einer Versammlung, und der Russe haltet so eine Rede. Das war ein Parteimitglied, ein guter Russe. Nachbarn haben wir dort gehabt, einen Richter. Der ist tatsächlich in Galoschen gegangen. Und seine Frau auch. Hab ich gefragt: Wie können Sie so leben? Sagt er: Sehen Sie. Tschimadan! Das heißt, das ist ein Koffer. Das ist unser Vermögen, was wir haben im Koffer. Wir werden geschickt von einem Platz auf den andern. Also, hab ich gesehen, mein Vater hat das doch durchgeblickt. Galoschen! Der Mensch hat gehabt Socken an und Galoschen. Keine Schuh! Ein Richter! Und sie war auch eine Studierte. Ja, und eine Versammlung. Alles hat müssen unterschreiben, daß wir kommen.

Na, und auf einmal halt a Russ a Rede. Besonders viel hab ich nicht verstanden. Aber etwas hab ich schon aufgegriffen. I my joz budemo ur Berlinje. Das heißt: Wir werden noch in

Berlin sein, Ich schau ihn an. Was heißt? Wir haben doch ka Krieg? Wieso können wir nach Berlin kommen.

Was droht uns da schon wieder? Mir hat das nicht besonders gefallen. Und kurze Zeit darauf ist schon die Hölle losgegangen. Geschäft abgesperrt geworden. Ausverkauft alles. Krieg. Gelaufen die Russen, gejagt.

Vorwärts, die Front, ach! Tag und Nacht die Russen! Weg! Und mich hat man zugeteilt zu so einer Ausschank. Ausgeschenkt haben wir Essen für die laufende Soldaten. Für das flüchtende Militär oder Zivil, was Sie wollen! Nach Rußland zurück, ins Innere hinein. Und es war in einer Schule ein großer Saal. Hat man eingerichtet eine Schnellküche, und dort hat man gekocht eine warme Suppe und etwas dazu. Für Militär ist immer da, wissen Sie. Man konfisziert, und es ist da. Und man hat gekocht, ich hab serviert. Nicht nur ich. Noch eine und noch eine und noch eine! Männer sind gekommen, gegangen, mit Rucksäcke, Bajonette, was Sie wollen.

Auf einmal kommt sich gestiegen dieser Mann, der mir den Posten verschafft hat, mit a Rucksack, mit Bergsteigschuh, sagt er zu mir: Was machst du da? Na, bedienen tu ich! Bist du narrisch? Setz dich auf an Wagen, fahr mit mir, du bist verloren, die Deutschen kommen, in ein Tag, zwei! Sag ich: Wie kann ich fahren? Ich hab doch da meine Eltern, meine Geschwister! Ha, sagt er, bist am Kopp gefallen? Was geht dich an Eltern, Geschwister? Es rettet sich, wer es kann! Setz dich am Wagen, viel Zeit ist nicht! Kaum hab ich gegessen die Suppe, sagt er, muß ich schon am Wagen gehn!

Und wann du gehst, gehst du! Er hat mich mitnehmen wollen, ich hab ihm gefallen. Na, schön bist du dran, sagt er zu mir. Es war aber nicht viel Zeit zu reden. Ich hab müssen bedienen. Es ist gekommen, gegangen, schnell, schnell. Und ich hab ihn gehen lassen. Logisch hab ich mich gefürchtet vor die Deutschen.

Aber weglaufen, das hat doch nicht existiert. Na, haben wir gehabt Ausgehverbot. Sind wir nach Hause gegangen.

Auf einmal haben sich uns zwei Russen hingestellt. Die Bajonette haben sie uns auf die Brust angelegt. Das ist Gewehr, aber ein Gewehr kann haben ein gepflanztes Bajonett, und es ist angeblich so gebaut, daß man dort so einen Spitz aufmacht. Ich hab so präzis nicht ein Gewehr angeschaut, aber die Russen haben uns angelegt das Bajonett, das hat gehabt den Spieß. Vor dem hab ich mich sehr erschrocken. Aber wir haben gezeigt die Bestätigung, daß wir arbeiten. Haben sie uns gehen lassen. Kriegsrecht! Es war schon die Ausgangsstunde vorbei gewesen, die Sperrstunde. Na gut.

Dann fangt man an zu bombardieren, man fangt an davonzulaufen, wieder ins Freie. Was die für Bomben heruntergeschmissen haben! Da bin ich so hysterisch geworden, daß Sie haben keine Ahnung.

Eine Nacht im Freien. Und die Flieger sind nur hin und zurück, hin und zurück. Haben abgeworfen die Bomben, geladen, wer weiß, wieviel Tonnen. Das hat nur so gpfeift! Flieger, deutsche. Dann hat es geheißen, man muß sich verstecken im Keller. Wir waren so zusammengepauscht, ganze Familien. Die Flieger geflogen, die Russen, hin, her! Das hat sich getobt! Die Russen haben geschossen, die Deutschen haben geschossen. A Front. Dann hat es geheißen, nach a paar Tag, es is a Ruh.

Man kann nach Hause gehen. Die deutsche Front ist schon vorwärts. Sie ist schon hineinmarschiert. Bitte, nach Hause.

Ach, was für ein Bild! Menschenleichen auf der Straße, zerrissen, zerhackt. Pferde, umgedreht, so mit die Füße hinauf. Kadaver. Pferde mit Gespann, tote. Da ein Maschinengewehr, dort ein Maschinengewehr. Die Pferde! Die Menschen neben die Pferde! Erschossen! Front! Ich hab nicht sehen können. Hab zugemacht die Augen. Komme nach Hause. Auf einmal heißt es: Sturmkommando.

Unsere Wohnung ist so gelegen irgendwie neben einem kleinen, es war ka Fluß, es war so wie der Wiener Fluß da beim Ersten Bezirk, so etwas, so klein, nicht die Donau, so a Kanal. Und a Brücke war drüber. Auf Bajonett. A paar Russen. Das war der Nachhut, das laßt man immer beim Militär zurück. Die sollen aufhalten die Front. Die haben immer noch diese Front aufgehalten. Aber die Russen waren ja verlorene Menschen. Da haben die Deutschen ka Rücksicht genommen. Jetzt haben die Russen versucht durchzubrechen. Durchzubrechen, Madame, um davonzukommen! Und sie haben gesehen, daß sie können das nicht anders als durch Sturm.

Wissen Sie, was das heißt, Sturm? Mann auf Mann. Mann gegen Mann.

Die Deutschen waren schon in der Stadt, die Stadt hat man erobert. Man hat schon geschossen für weitere Kilometer! Ein Teil war schon weiter, aber ein Teil bleibt doch immer irgendwie zurück. Das geht ja so beim Militär. Die es besetzt halten! Nachhut, das sind Todgeweihte. Das sind Verurteilte. Soldaten mit Munition, die schießen, solang sie Munition haben. Und wann sie ka Munition mehr haben, können sie sich entweder ergeben oder sich selbst abknallen.

Haben wollen durchbrechen und davonrennen! Und durch diesen Davonrennen haben sie so einen Wirbel gemacht zwischen die Deutschen. Denn die Deutschen sind nicht gern auf Sturm gegangen. Sie haben einen andern gern umgebracht, aber ihr Leben ist ihnen schon teuer gewesen. Und der Russe ist ihnen auf Sturm gegangen. Auf Bajonett! Ein Sturmkommando!

Auf einmal haben die Deutschen angefangen davonzurennen über diese Brücke. Das hat nur so gekracht! Die Brücke ist beinah zusammengebrochen. Die Deutschen sind gerennt. Die Russen auch.

A russischer Soldat hat sich versteckt in dem Haus, wo wir gewohnt haben, hinter so einer Ruine. Und kaum ist dieses Gewirbel vorbei gewesen, haben die Deutschen gesucht. Russen! Russen! Russen! Sie haben gesucht die Russen und kommen ausgerechnet, ich sag Ihnen, kommt ein Soldat, das war a Lackl, so wie diese Tür, kommt! A Hausdurchsuchung. Na, Befehl ist Befehl. A Hausdurchsuchung? Und haben im

Haus gesucht und kommen auf den armen Teufel drauf und knallen ihn ab. Schuß! Und der Bursche war weg. A junger Bursch, sag ich Ihnen. Nicht einmal zwanzig Jahr alt. Ein junger Russe. Aufgestellt, liegengeblieben.

Man hat angefangen auszuheben ein Grab bei einem Baum, ein Mann hat heruntergezogen ihm die Schuh, hat sich gleich angezogen seine Bagantschen, von dem Russen die Bagantschen, russische Schuh, die Militärschuh. Hat ihm ausgezogen die Schuh, hat sich angezogen seine Schuh. Einer hat ihm heruntergeschleppt irgendwie etwas, weggenommen. Aus die Taschen weggenommen.

Ich bin nicht in die Nähe gegangen. Ich hab nur von der Ferne das verfolgt. Hab mir gedacht: Das wird da verscharrt, ka Mensch wird niemals erfahren, wie der heißt, wer er war. Und da tut man so verscharren wie an Hund so a Mannsbild.

Nächsten Tag drauf hat man schon angefangen mit die Juden. Den einen Tag die Front, da ist man noch durchgegangen ohne Judenverfolgung. Es war ka Zeit. Sie sind nachgerennt den Russen. Dann hat sich ansässig gemacht die deutsche Kommandatur, und man hat angefangen, auf die Juden loszugehen.

Mein Vater hat gleich genommen a Maschine und hat sich abgeschnitten den Bart, hat sich angezogen einen grauen Anzug. Ich schau hin, ich hab meinen Vater nicht erkannt! Weil, er hat abgelegt seine Bekleidung. Hat doch das kapiert. Sagt er: Ich werde mich doch nicht einfangen lassen. Man muß das doch nicht gleich sehen, daß ich a Jude bin?

Wissen Sie, daß er ganz christlich ausgeschaut hat? Im Moment er hat den Bart unten gehabt und hat sich zivil gekleidet so mit diesem Tracht, hab ich ihn nicht erkannt. Mein Vater war Augenglasträger auch. Hat er sich heruntergegeben das Augenglas, daß man in ihm nicht sieht den Intelligenzler. Hat sich angefangen zu verstecken.

Die Deutschen, gleich kassiert die Männer zur Arbeit. Und

auch die Mädchen. Ich bin dabei gewesen. Aber mein Vater ist nicht gegangen. Er ist auf den Dachboden hinauf, die Nachbarin kommt: Herr Fränkel, wie können Sie das machen? Andere Männer gehen in die Arbeit, und Sie verkriechen sich? Was sind Sie denn so scheu? So arbeitsscheu?

Mein Vater hat sie abgeschnalzt. Kümmern Sie sich um Ihren Mann, aber nicht um mir! Nicht um mich! Er hat sich versteckt, aber die Brüder, gleich kassiert zu der Arbeit. Wegräumen in die Straßen, die Maschinengewehre, die Pferde begraben, die Menschen begraben. Man hat die Männer alle zusammengejagt mit Peitschen.

Die Front ist vorwärtsgegangen. Nachschub. Front. Nachschub. Nachschub. Ein Teil ist geblieben. Der hat angefangen, Ordnung zu machen. Ordnung mit die Juden!

No, hat es geheißen, Mädchen müssen auch gehn. Bin ich auch gegangen, ach! In einen Torf! Hat man uns in Lastwagen hingeführt, haben sie uns aufgezeichnet solche Quadrate, Erde ausschneiden. Das war, um zuzudecken die Massengräber. Das haben wir schon vorbereitet, ohne zu wissen. Gegraben haben wir noch nicht. Nur Quadraturen gemacht. Das Gras, solche Stücke Erde, haben wir herausgenommen in Vierecke, mit Gras. Das war diese Tarnung, verstehen Sie? Weil das Grab ist dann mit dem zugedeckt worden. Aber wir haben noch nicht gewußt, daß das zu diesem Zweck ist. Auch wann wir gewußt hätten! Da ist gestanden Militär mit Bajonetten.

Man hat gearbeitet, ohne zu essen. Ich hab die Sonne nicht vertragen. Ich bin beinah umgefallen. Es war eine Hitze. Na gut. Ich bin lebendig nach Hause gekommen. Hab mir gedacht: das zweite Mal geh ich nicht. Ich geh mit meinem Vater! Mich kriegen sie nicht mehr! Spundus bekommen. Ich hab gesehen, das is a gefährliche Geschichte. Das sind keine Menschen. Da tut man nur foppen!

Na ja, einige Tage sind vorbeigegangen. Es war irgendwie an einem Mittwoch, daß die Deutschen einmarschiert sind. Dann hab ich erlebt einen Pogrom.

Wissen Sie, was das ist? Ich sag Ihnen, was man da im Fernsehen gezeigt hat, das war gar nix! Das war eine zusammengestellte Geschichte. Ja, nicht so ganz zusammengestellt, mehr, weniger wahrheitsgetreu. Nur, was ich gesehn hab mit eigenen Augen, das war grausamer. So ein Pogrom haben sie dort in der Geschichte nicht gezeigt, was ich gesehen hab in Wirklichkeit. Man hat austrompetet, alle sollen zur Arbeit. Deshalb war Flüchten unter Todesstrafe. Man muß! Also, einpacken, gehen in die Arbeit. No, hast es. Man muß! Da ist man gegangen. Bin ich doch gegangen.

Irgendwo hat man uns hingeführt, ich weiß selbst nicht, wohin. Es war ja nicht meine Stadt. In einem Gebäude, es war wahrscheinlich zertrümmert, zerhackt, haben wir saubergemacht. Zersplitterte Scheiben und so, weggetragen, Mist, vom Bombardieren. Dann ist mir das schon irgendwie zu blöd gewesen. Hab mir gedacht, ich geh nach Hause. Hab ich versuchen wollen, da hinauszuschlüpfen von dieser Geschichte. Versuche Weg einzuschlagen, irgendeine Gasse.

Auf einmal hör ich ein Geschrei zum Himmel. Von Männer, Frauen, Kinder, ein Geweine und Geschrei. Zwischen elf und eins hat sich das abgespielt in der Sonne.

Ich komm dort in die Nähe, auf einmal seh ich Männer nachlaufen Frauen, jüdische Frauen mit Kinder, die haben sich bei die Schöße gehalten von die Mütter. Mit Stöcke, mit gewöhnliche Stöcke geschlagen die Frauen, wo sie hingetroffen haben, blindlings zu Tode geschlagen. Kaum ist sie umgegefallen, ist aufgestanden, hat sie es wieder bekommen. Das haben nicht die Deutschen gemacht! Das waren Ruthener. Zivile. Der Pogrom war von ziviler Seite ausgegangen.

Christen, Ruthener. Nicht Polacken. Russische Christen, nicht-russische Christen, polnische Christen, aber griechisch-katholische Christen, nicht römisch-katholische. Die Juden haben sie geschlagen. Griechisch-katholische Menschen! Gewesene polnische Staatsbürger!

Ah, was tut sich da? Gottes willen! Jetzt hab ich angefangen, wieder von dort davonzulaufen. Blutrünstig, wie Wilde haben sie ausgeschaut. Mannsbilder! Bauern mit solche bäuerliche Bekleidung. Nicht Bauern. Mannsbilder waren das. Ein Gemisch! Und die Juden haben doch immer ihre Viertel gehabt. Das war ein jüdisches Viertel. Sind sie dort hineingelaufen, und wen sie erwischt haben, haben sie totgeschlagen. Sie haben mitgehalten. Das waren Kollaboranten. Der Hitler hat nämlich dem ukrainischen Volk versprochen, er wird sie machen a selbständige Republik. Und sie haben dem Hitler geglaubt. Jetzt haben sie geglaubt, sie werden selbständig werden.

Es war nämlich ein Gefängnis in dieser Stadt, unter russischem Kommando. Dann sind die Deutschen gekommen, und in diesem Gefängnis sind gesessen entweder Verbrecher oder politische Menschen. Angeblich sollen die Russen diese Leute abgeknallt haben, bevor sie weggegangen sind. So ist gesprochen worden. Selbstverständlich, diejenigen, die das getroffen hat, ihre Verwandtschaft, haben angefangen zu schreien, sie wollen Rache üben an die Juden. A Jude is a Bolschewik!

Wissen Sie, was das heißt, a Bolschewik? A Jud is a Bolschewik? Wo is a Jud a Bolschewik? Mein Vater war doch antirussisch! War a orthodoxer Jude. Kann doch nicht einmal russisch denkend gewesen sein. A Jud is a Bolschewik! Ah! Jetzt muß man die Juden umbringen, weil sie Bolschewiken sind. Jetzt haben diese Ruthener bei der deutschen Kommandantur um Erlaubnis ersucht, Rache zu nehmen an die jüdische Bevölkerung. Und die deutsche Kommandantur hat ihnen gegeben zwei Stunden. Sind sie hinein in den jüdischen Viertel, haben totgeschlagen, wen sie erwischt haben, haben sie gezerrt auf den christlichen Friedhof und haben sie lebendig begraben. Und man hat die, was ausgehoben haben das Grab, hat man mitgeschüttet. Die Erde dort hat sich noch so gehoben.

Jetzt war zufällig a jüdisches Mädel, das hab ich gekennt. Tochter von einem Kaufmann. Und zwischen diese Mörder war ein Christ, der gut mit dem Vater von ihr war. Und er hat dieses Kind gesehn. Die war schon im Grab, und dieser Christ hat das Mädel bei der Hand gepackt, hat sie herausgezerrt und hat sie hinter sich geschoben. Also, dieses Mädel hat das erzählt. Der Christ hat es nicht über sich gebracht, verstehen Sie? Schlagst du meinen Juden, schlag ich deinen Juden, verstehen Sie? Ja, und dann hat man erfahren. Weil, lebendig ist man sonst doch nicht zurückgekommen von dort. Sehen Sie, hat immer Gott geschickt, daß jemand ist immer zurückgeblieben. Hat der Christ das Mädel herausgenommen, und dieses Mädel war das Wunder, daß sie soll Zeuge sein, was man gemacht hat.

Madame, ich hab so geschrien. Ich habe geglaubt, nur die Deutschen machen. Jetzt hab ich gesehn Bauern und Zivilmenschen. Renn ich, lauf ich, auf einmal renn ich irgendwo herein in einen Gebäude, keine Orientation gehabt, seh dort irgendwelche Stiegen, ein Stockwerk, krach! Bin ich auf den Stock. Hab mir gedacht, ich werde irgendwie mich da verstecken. Komm hinauf, auf einmal, wer marschiert? Der Herr Doktor Babiak. Der gewesene Sekretär. Mit Hakenkreuz. Der Herr Doktor Babiak, der mich empfangen hat, wann ich hab sollen Verkäuferin werden. Der ist geworden Bürgermeister bei die Deutschen! Und hat veranlaßt diesen Pogrom. Weil, das primitive Volk hat das nicht veranlassen können. Das hat müssen durch Köpfe gehn.

Große Hakenkreuzbinde. Sonst hätte er doch nicht gekonnt Bürgermeister werden! Seine Frau war Professorin. War schon irgendwie von eine noblere Familie. Ich hab geglaubt, daß ich bin am Kopp gefallen. Sag ich: Herr Doktor, wissen Sie denn nicht, was auf der Straße sich abspielt? Sagt er: Das wird nicht lange dauern, bleiben Sie hier, rühren Sie sich nicht vom Fleck. Bleiben Sie da sitzen, bis ich herauskommen werde und werde Ihnen sagen, daß Sie können nach Hause gehn.

Nach einer Zeit kommt er, gnädige Frau, sagt er: Es wird Sie niemand behelligen. Sie können schon ruhig nach Hause gehn. Hier haben Sie einen Zettel, das ist die Adresse von meiner Wohnung. Sie kommen morgen zu mir herauf zu meiner Frau, Sie werden ein bissel irgendwie mithelfen, meine Frau ist kränklich. Ist alles nach dem Krieg so zerstört!

Die haben gepackt, hin, her. Die haben flüchten wollen. Haben wollen am Land fahren oder waren sogar am Land gewesen und sind zurückgekommen, verstehen Sie, es waren ja reiche Leute. Er war ja Advokat. Die waren verpackt mit Koffer und Körbe, weiß ich was, so zerworfen ist die Wohnung gewesen. Das war gleich, nachdem die Deutschen einmarschiert sind. Irgendwie zerstört auch ihre Wohnung durch diese Packerei. Haben wir Ordnung gemacht. Die Teppiche waren zusammengerollt, alles mögliche. A Krieg, na ja. Wahrscheinlich haben sie Absicht gehabt, auf den Land zu fahren oder sind sie vielleicht gewesen und zurückgekommen, das weiß ich nicht. Also, man muß dort ein bißchen mithelfen. Sie war so a bissel a zimperliche Person. Die Tochter war auch dort. Aber, Sie wissen doch, warum soll er die Tochter dazu nehmen, wann er hat mich gekannt dazu nehmen? Gut.

Ich lauf mit Herzklopfen nach Hause. Wie ich nach Hause gekommen bin, weiß ich nicht. Ich schwöre Ihnen bei Gott, ich hab mir die Wege nicht gekennt. Was bezüglich Orientierung, ich könnte nicht einmal ein Auto lenken. Dort bin ich schwach irgendwie. Zum Glück waren noch alle da. Wo seid ihr gewesen? Am Dachboden sind wir gewesen. Zufällig, wann sie wären gewesen auf der Straße, hätte man sie erschlagen. Zumindest einen oder zwei. Aber es hat schon sicher mein Vater irgendwie arrangiert, daß man am Boden gegangen ist.

Nächsten Tag bin ich zu diesem Doktor Babiak gekommen. Elegante Familie. Glauben Sie mir, ich war nicht häuslich abgerichtet. Ich hab zu Hause nicht einmal ein Taschentuch gewaschen. Erst haben wir Bedienstete gehabt, und in der Kriegszeit hat mich meine Mutter auch irgendwie verschont. Was mir nachher nicht gut bekommen ist. Weil ich nicht abgerichtet war als Mädel.

Die Wahrheit gesprochen, ich hab mich auch nicht gekümmert. Nicht einmal a Einbrenn hab ich gewußt, wie man macht. Wann ich Zeit gehabt hab, hab ich mir ein Buch gefunden. Und, auf einmal, a Jüdin beim Bürgermeister. Die Frau hat getrachtet, mich anzulernen. Sie war zufrieden soweit. Sie hat mir zu essen gegeben. Das erste Mal in meinem Leben, daß ich hab angefangen, nicht Koscheres zu essen. Hat mir auch leider nicht geschmeckt. Ich hab fast erbrochen. Da hat sie gesagt: Soll ich Ihnen vielleicht etwas mitgeben, Gekochtes? Sag ich: Nein, danke, meine Eltern und Geschwister, die möchten sich also wahrscheinlich selbst etwas abkochen. No, hat sie mir mitgegeben Fisolen, häufig, a bissel Grütze, Erbsen und so weiter. Die Zivilbevölkerung hat angefangen zu bekommen Lebensmittelkarten. In Schlangen ist man gestanden für a Stückl Brot. Aber die Juden haben nicht einmal a Lebensmittelkarte bekommen. Ka Stückl Brot. Sondern gar nichts. Man hat angefangen zu hungern. Man hat angefangen direkt zugrunde zu gehn. Wann ich hab nach Hause gebracht das Lebensmittel, da war das eine Freude für alle. Meine Mutter hat das abgekocht, no, man hat sich a bissel gesättigt. Aber der Doktor Babiak beim besten Willen hat mich auch nicht lang behalten können. Die haben angefangen zu kommandieren die Nürnberger Gesetze. Jeder Jude muß a Stern tragen.

Also, er kann doch nicht zu sich ins Haus kommen lassen a Jüdin mit an Stern. Das ist doch gegen die allgemeine Anschauung eines Hakenkreuzlers. No, die haben mir langsam irgendwie zu verstehen gegeben, daß das nicht möglich ist und so weiter.

Sehr geehrte gnädige Frau!

Wie besprochen, so auch getan: also, ich schreibe.

Fehler ... Leichter zwar geredet als aufs Papier zu geben, aber ich mache den Anfang. Hoffentlich ist die Schrift lesbar, bin zu ungeduldig, um achtzugeben, bitte um Verzeihung. Sollte meine Art, was ich Ihnen als Parabel schicke, nicht gefallen, so bitte nicht zu vergessen, daß ich doch wie vom Mond heruntergefallen bei Ihnen erscheine. Ich spreche Sie an in meiner Sprache. Sie können dabei lachen, es tut nichts.

Parabel: Der abgebrochene Zweig

In einer kargen galizianischen Landschaft befand sich ein Erdenfleck, der mit Wald, Feldern und Wiesen war. Auch floß dort ein Fluß langsam mit flachen Wellen vor sich dahin, in welchem verschiedene Fische ihr fröhliches Dasein trieben. Die Trauerweiden umrankten den Fluß und der Wind wiegte die ganze Landschaft ein. Alle Arten von Gewächsen und Pflanzen wuchsen bescheiden in diesem Erdenfleck. Im Sommer schenkte ihnen die Sonne ihre warmen Strahlen, und im Frühling und Herbst benetzte der Regen seinen Boden. Im Winter bedeckte der Schnee sanft mit seinen weißen Flocken die ganze Natur, um sie vom strengen Frost zu schützen. Mensch, Vogel und Tier fanden dort ihre Nahrung.

In dieser Landschaft wuchsen auch exotische Bäume, die von einem anderen Lande stammten, aber sie verwurzelten sich in dieser Erde.

Da brach in diese friedliche Landschaft ein fremdes Volk hinein. Besonders diese exotischen Fremdlinge störten sie. Und beschlossen, diese zu vernichten.

Sie fällten diese Bäumse von ihren Wurzeln ab. Da lagen die Bäume niedergestreut, ihre Säfte flossen von ihnen heraus und versickerten in die Erde. Sie erhoben ihre Äste zum Himmel mit dem letzten Gebet zum allmächtigen Gott. Gott sah dieses Unheil und weinte über dieses große Unrecht. Er nahm sie zu sich in Himmel hinauf und pflanzte sie ins Paradies, damit sie dieses mit ihrem exotischen Wesen verschönern sollen.

Zwischen diesen niedergestreckten Bäumen befand sich ein Zweig, der widerspenstig wurde und wollte dieser Vernichtung nicht erliegen. Er brach ab von seinem Stamm und machte sich auf den Weg mit dem Überlebenswillen in Trotz.

Ohne Äste war der Zweig schutzlos vereinsamt und zitterte. Da er wußte, daß sein Äußeres exotisch ist, von Gefahren bedroht, kam er auf den Einfall, er wird sich verkleiden und verschiedene Gestalt annehmen.

Und siehe da, es stand ein Mädchen, das wußte, daß sie exotischer Abstammung ist, aber sie nahm an die Eigenschaften der anderen Bewohner, und niemand ahnte von ihrer Herkunft. So ging das Mädchen, von Schnee und Regen naß, kam zu guten und schlechten Menschen, fror und wurde mit hohem Fieber krank, dem Sterben nahe. Da fing in ihr der exotische Zweig an zu weinen. Wie kann ich sterben zwischen fremde Völker? Lieber wäre sie doch bei ihren Ästen und Zweigen, bei ihrem Stamm geblieben. Und Gott erbarmte sich über ihr, daß sie am Leben blieb, und sie nahm ihre Last aufs neue auf.

Dann kam die Zeit, daß sie erlebte, daß erschossene Menschen auf der Straße lagen, die ihre Stämme vernichtet haben. Sie erhob ihre Blätter zum Himmel mit einem verzweifelten Geschrei. Da sagt Gottes Stimme zu ihr: habe nicht Angst, du mußt auf dieser Erde noch wandern, bis deine Zeit kommt. Mit Zuversicht machte sich der Zweig auf seine Wanderschaft weiter.

Jiddisch:
Wenn ich bin a Heim gekomen
un getroffen hab vier Wänd
un gehojben hab zu weinen
un zu brechen meine Händ

züwus is mir mein Leben
as Tate Mame is nischt du
sie pflegten für mich zu streben
bis in die letzte schu
ausgeschossen meine Brüder
auf dem freien, wüsten Feld
in zebrochen ihre Glieder
in die Gas-Kammer verbrennt

Und so ist der abgebrochene Zweig alt geworden, fast verdorrt sitzt sie vereinsamt in ihrer Wohnung und denkt nach am Zweck ihres Daseins.

Da es diesem abgebrochenen Zweig beschieden war, zu erleben die Freude, wie ihre Abstammung sich verselbständigte, verpflanzte sich in eigenem Boden und Lande, blühte und Früchte trug, dieses Wunder, von so einer Vernichtung und Erniedrigung zu Ansehen und Ehre gelangte, dankte sie dem Allmächtigen für seine Güte.

Eva Schtued

Bitte verkehrt lesen.

Ich empfehle mich mit den herzlichsten Grüßen und verbleibe in aller Hochachtung. Es schreibt halt jeder so blöde er ist und kann für seine Dummheit nicht, hat mein Mann immer gesagt.

Madame, setzen Sie sich, weil das ist a lange Geschichte. Ich werde Ihnen ausmalen. Habe so manches aufgeschrieben und lese Ihnen vor. Weißgedeckter Tisch mit lange Bänke. Auf die Bänke Chassidim. In einem Barockfauteuil ein Rabbi. Großer Zobelhut. Atlaskaftan. Das ist etwas Schönes, wissen Sie. Nobel. So wie die Päpste das oft tragen, so a Überwurf. Das haben bei uns die Rabbiner getragen. Das ist Kostspieliges gewesen! Auf dem Tisch der rojte Mottel mit Violine. Er spielt Mozart A-dur, Konzert für Violine. Die Kadenzen. Solopart. Ich weiß nicht das Köchelverzeichnis.

Draußen vor dem Haus ein Garten mit gelben Virginiablumen. Das sind solche gelben Rosen, große. Am Fenster im Garten steht ein vierzehnjähriges Mädel. Matrosenkleid, Lackschuh, glatt frisierte Haare. Sie horcht mit Hingabe und wendet nicht ab den Blick vom Violinspieler. Ich war schon entwickeltes Mädchen, aber doch naiv, wissen Sie, sehr sogar. Ich horche mit Hingabe und Bewunderung.

Das Spiel ist zu Ende. Es wird applaudiert. Das ist Männergesellschaft. Dort haben keine Frauen Zutritt und auch keine Mädchen. Das spielt sich bei diesem Rabbi ab. Dort kommen ka Frau und ka Mädel zum Betracht.

Das Mädel steht bedrückt. Also, jetzt beschreibe ich ihn. Der rojte Mottel mit Ziegenbart. Er hat nicht einmal a Vollbart gehabt. Nur a roten Ziegenbart. Schläfenlocken, schwarzer Überzieher, Plüschhut. Den Oberkörper nach vorn a bissel gesenkt, sehr schmächtig. Gutmütige Augen.

Das Mädel sieht ihn kommen. Sie bedeckt ihr Gesicht. Ich hab Sie lieb, Sie und Ihre Geige. Aber du bist doch noch ein Kind, sagt der rojte Mottel. Nein, ich bin kein Kind mehr! Sie streckt ihre Hände ihm entgegen und verbirgt ihr Gesicht. Der rojte Mottel spricht: Du bist doch noch so jung!

Hören Sie mich zu, Madame, meine Phantasie!

Macht nichts, sagt das Mädel, Sie werden keine Sorgen haben, ich bin fleißig und bescheiden, ich werde arbeiten und verdienen, und wir werden gemeinsam alles teilen. Sie werden nur auf Ihrer Geige spielen, und ich werde Ihre Hände küssen. Und ich gehe mit Ihnen bis Ende der Welt.

Der rojte Mottel streckt seine Hand zum Mädchen, will ihr glätten das Haar, aber zieht sie rasch zurück, die Hand. Wissen Sie, es war uns nicht gestattet. Wir dürfen einer den andern nicht reden! Das war unsere Erziehung. Nicht ich hab mit ihm dürfen reden, nicht er zu mir. Das war bei uns verboten. Aber es spielt sich in meiner Vorstellung ab, verstehen Sie? Die Wahrheit gesprochen, ich hätte mir ihn gern zum Mann genommen. Das war kein Traum, das war ein Wunsch! Der Mensch hat doch existiert. Er hat doch Violine gespielt! Daß er mir gefallen hat und ich hätte mir ihn gern genommen, ist meine persönliche Sache und nicht ein Traum! Daß das nicht geschehen ist, wann ein Krieg ist gekommen – ja. Aber ein Mensch kann doch auch etwas irgendwie so sich denken!

Er sagt: Mein liebes Mädchen, es paßt sich nicht, daß du weinst. Geh nach Hause.

Jetzt, wann das wäre ein Film, man müßte machen Intermezzo. Untermalt mit der Musik von Beethoven. Die Wellingtonschlacht. Aber wir spielen nicht den Sieg, wir spielen nur die Schlacht. Dort krachen die Kanonen, Maschinengewehre, und daß es brummt und paukt. Beethoven hat das zusammengestellt, ich hab das gehört. Man müßte aber sehen, Madame! Häuser stürzen ein, Ghetto brennt, Menschen stürzen von die brennende Häuser auf die Straße, bleiben tot liegen. Die Kamine rauchen mit schrecklichem, stinkendem Rauch. Menschen werden vergast und verbrennt. Ausgezehrte Leiber gehen kaum auf die Füße. Menschen mit aufgeschwollene Bäuche von Hunger schleppen kaum ihr Gewicht. Auf die Drähte von die Lager hängen von dem elektrischen Strom erfaßte Jünglinge. Das ist ein Vortrag. Jeder soll sich machen das Bild.

Gnädige Frau, ich hab mehr zu sagen! Aber ich kann doch nicht schreiben. Ihnen muß vorschweben dabei.

Der rojte Mottel, das ist ein rothaariger Mensch. Er war so dunkelrothaarig. Aber gar nicht schön. Dieser rothaarige Geigerer. Das war doch nicht einmal schöner Mensch! Mich hat interessiert die Geige, und er hat auch sehr schön gesungen. So kunstvoll. Er muß ein geschulter Musiker gewesen sein. Er hat herrlich Violine gespielt.

Es war sicherlich kein Sabbat, weil da darf man nicht spielen. Es war entweder Ende eines Feiertages, ich weiß nicht mehr genau, vielleicht Ende eines Festes. Singen kann man an einem Feiertag. Aber Instrument spielen darf man nicht. Er ist gekommen zu diesem Rabbiner. Er war sein Chassid. So bebarteter Mann. Er war nicht schön, gnädige Frau, aber er hat einen schönen Blick gehabt, und ich war fasziniert von diesem Fiedel. No, und so hab ich mich in diesen Menschen verliebt. No, meiner Mutter hätte ich nicht sagen dürfen! Die hätte mich eingesperrt! Nie mit ihm ein Wort gesprochen! Ich hab ihn wiedergesehen. Er ist noch ein paarmal gekommen, zeitweise, zu diesem Rabbiner, und hat bei ihm verbracht acht, zehn Tage, einmal, zweimal im Jahr. Und das war doch Mozart, im Kopf hab ich die Melodie. Aber ich hab leider nicht die Stimmbänder! Dabei hab ich herumgeträllert mein Leben lang mit dem Gesang. Sie möchten nicht glauben, daß ich habe gesungen, die Wahrheit gesprochen, vielleicht in vier, fünf, in sechs Sprachen. Jiddisch, Hebräisch, Polnisch, Russisch, Slowakisch und Deutsch. Sicherlich falsch gesungen, aber ich hab doch die Melodie aufgegriffen und hab geträllert.

Ich war musikfreundlich. Musik, Lieder, alles! Gleich hab ich die Ohren gespitzt. Wissen Sie, ich bin auch so ein Bücherfreund. Ich hab mir jetzt gekauft ein Buch über Mozart. Mir genügt nicht, daß ich nur den Musik höre. Ich will wissen auch wie, was! Sehen Sie, und da ist der Mozart so beschrieben, und man hat seinen tieferen Einblick. Man versteht auch die Musik besser! Das ist ein Wunder, was dieser

Mozart geschafft hat. Am End ist auch Mozart so ein Typ gewesen, gnädige Frau.

Er war schmächtig, der rojter Mottel, ein unansehnlicher Mensch. Solche Wimmerl hat er vollgehabt, verstehen Sie, noch keusch. Er hat ka Frau gekennt. Das ist erzogen so. Bis man nicht heiratet, hat man mit Frauen nicht zu tun. Was glauben Sie! Gibt es nicht. Bei solche nicht. Mottel heißt, so wie ich heiße Chawa.

Meinem Mann hab ich alles erzählt. Er hat es mir einmal vorgeworfen. Wir sind gestanden vor einer Auslage, und es waren dort sehr schöne Violinen. Und ich sag zu meinem Mann: Jenö, kauf eine Violine! Sagt er: Ja, weil der rojter Mottel hat gespielt! Und er hat die Violine nicht gekauft.

Sehen Sie, und ich hab ihn so darum gebeten. Schauen Sie, gnädige Frau, man kann Hausmusik machen. Man muß nicht gut spielen. Die Hauptsache, man macht sie. Spielst du gut, spielst du nicht gut, spielst!

Man hat uns alle ausgesiedelt aus Brzezany. Andere hat man ausgesiedelt und man hat sie erschossen. Wir haben gezählt zu die Glücklichen, daß man uns ausgesiedelt hat nach Narajov.

Im strengsten Frost hat man uns gegeben einen Wagen mit Pferd. Man hat die Familie aufgeladen. Aber wir haben müssen zu Fuß gehen, weil das Pferd uns nicht hat schleppen können. Hat der Fuhrmann gesagt: Gehts lieber zu Fuß, weil sonst erfriert ihr noch da. Der Samuel und der Elias waren nicht mehr dabei. Waren schon in die Lager.

Beim Elias kann ich mich erinnern an den Abgang. Da hat es geheißen, noch in Brzezany, dieser Jahrgang muß sich melden. Sie kommen zur Arbeit. Und sogar hab ich noch gesehen den Deutschen, der durch die Stadt gegangen ist mit diese Peitsche: weg, weg, weg! Daß hat jeder sich vor ihm gefürchtet wie vor einem Teufel. Dieser Deutscher hat ihnen dort ein Vortrag gehalten. Waren lauter junge Burschen. Wohin sie kommen in die Arbeit, in die Lager, daß sie werden zugeteilt. Erledigt.

Ich hab den Elias in meinem Leben nicht mehr gesehen.

Und ein paar Wochen später war der Samuel weg. Das hab ich nicht gesehen, wie der Samuel abgeholt worden ist.

Wir sind gekommen in so ein kleines Dorf, bei der russischen Grenze. Narajov. Uns hat man zugeteilt einen Raum, von der Straße aus der Eingang. Es hat geheißen, es war einmal ein jüdisches Geschäftl! Und dort hat man irgendwie Pritschen hineingestellt, und man hat darin geschlafen. Es war dort ein Ofen, eingebauter Ofen mit Platte. Hunger. Man hat nichts bekommen. Man hat sich gekannt aufhängen. Nicht a Erdäpfelschale! Sag ich zu meiner Mutter, daß ich kann den Hunger nicht aushalten, ich geh zugrunde. Mein Vater, der hat sich einmal ein Stück Brot erwischt, irgendwie, und er hat sich das leider versteckt und selbst das aufgegessen. Hat sich die Mutter mit ihm angefangen zu streiten, warum er ist so egoistisch. Wissen Sie, so verstohlen hat er das heruntergeschluckt. Mein Vater war sonst ein stämmiger Mensch, aber er war abgemagert. Beim Streit hat meine Mutter ihm gesagt, er ist ein Christ, weil seine Mutter hat ihn nicht genährt, er hat gehabt eine Amme, und die war Christin.

Also, ich bin marschiert in dieses Brzezany zurück, in den «Gulden». Das war ein Restaurant, und ich bin dorthin gestolpert durch den Doktor Babiak und eine gewisse Olga, die hab ich noch gekennt von dem Schulgebäude, wo wir serviert haben für die davonlaufenden Russen. Sagt sie, ich kann zu ihr kommen in Restaurant, kann a bissel aushelfen. Gib dir den Stern in die Tasche, und wann du gehst nach Hause, hängst ihn dir an. Hier kannst nicht stehen mit an Stern!

Ihr Mann hat mitgeholfen. Sie war Buffetdame. Ihr Mann war auch mit Stiefeln. Ruthener, uniformierter. Aber er hat die Olga geheiratet, hat abgelegt die Uniform, hat mitgeholfen. Der Küchenchef ist auch a Ziviler gewesen, aber mit Hakenkreuz. Der Mann von dieser Olga hat das Hakenkreuz nicht mehr getragen. Er ist irgendwie durch sie auf einen anderen Gedanken gekommen. Den Stern nicht tragen, das war bei Todesstrafe verboten. Aber gut, Stern hin, Stern her. Hab ich gesehen, ich bestreite das nicht allein, hab ich meinen Bruder mitgebracht, den Aron.

Das waren große Räume, hohe Fenster, herrliche Luster. Ka Beisel, gnädige Frau. Restaurant! Der «Gulden» hat gehabt an Oberkellner. Gib ab die Kappe, hab ich gesagt zu meinem Bruder, weil er hat gehabt schönes blondes Haar. Wissen Sie, aschblond. Und so einen grünlichen Teint. A großer, gewachsener Bursche mit lange Beine. Also, der Aron ist gekommen und hat mitgeholfen. Wir haben aufgeräumt in der Früh. Um sieben Uhr waren wir schon dort. Sie können sich vorstellen, was für Mist dort war. Aschenbecher ausleeren, abwaschen, Tische, Bänke herausstellen, Fußboden reinigen, einlassen. Bis neun hat müssen das Gasthaus sauber sein. Da haben wir gehabt so spezielles Desinfektionszeug, schwarzes, wie Petroleum. Und der Boden war kein Parkett, aber bessere Bretter. Auf Sauberkeit hat man gegeben, nachdem Soldaten dort verkehrt haben.

Der Küchenchef hat mich auch gebraucht. Und alles für a bissel Essen, nicht mehr. Ich hab aber die Wohnung dort auch gehabt, und ich war zwischen Menschen. Meine Eltern sind geblieben im Dorf. Mein Vater ist in Narajov begraben geworden. Der Tod hat ihm ereilt im Schlaf. Verhungert. Und gekommen ist der Elieser mit der Nachricht.

Ich hab mir den kleinsten Bruder dann auch dort behalten, den Elieser. Zu dritt haben wir in meinem Zimmer gehaust. Dem Hausmeister hat man gegeben in einem christlichen Haus irgendwie einen Posten, und ich hab übernommen seine Wohnung, Bett, Tisch, zwei Sessel. Der Ofen war zu heizen mit Holz. Ich hab sogar gekannt mir etwas kochen. Und den Aron hat der Küchenchef akzeptiert, aber der Elieser war ein Kind, den hat er nicht nehmen wollen. Wir haben ihn genennt jiddisch Luiser. Ich wollte ihn zum Wassertragen, aber der Küchenchef hat gesagt, Kinder kann man da nicht brauchen. Es war dort keine Wasserleitung, und der Aron und ich, wir haben geschleppt drei Kübel Wasser.

Die Soldaten, was dort verkehrt haben, die haben weggeworfen ihre Spatschkes, diese Stumpeln. Jetzt packt sich der Aron alle Spatschkes, wo er das gesehen hat, krach! In die Taschen hinein! Und abends haben diese zwei Buben sich hingesetzt und angefangen, diese Spatschkes auseinanderzunehmen, haben sich das in a Sackl hineingegeben und gemacht Tabak. Dann haben sie genommen a Stück Zeitungspapier und haben gewetteifert, wer a bessere Zigarre drehen kann. Der Elieser war aber geschickter. Jetzt haben diese zwei Kinder sich hingesetzt und haben Ihnen geraucht wie die Alten! Ich hab geschustert, geschneidert, Wäsche gewaschen, noch irgend etwas abgekocht oder wie. Ich hab doch meines getan. Und der Kleinere ist Ihnen ein leidenschaftlicher Raucher geworden. Der hat schon kaum warten können, er soll sich die Zigarre anzünden! Hat er sich eingedreht, mit dem Speichel angeklebt, angezunden! Ein zehnjähriges Kind! Und was für Vergnügen er daran gehabt hat! Direkt süchtig ist er geworden. Er hat sich ka Essen gebraucht, er hat geraucht.

Madame, der Elieser hat auch kopprechnen können. Und das Lächeln von ihm war so spitzbübisch, wie sagt man? Obergescheit! Er hat die Zähne nicht dicht nebeneinander gehabt. Solche schüttere Zähne hat er gehabt, wissen Sie! Hat nie laut gelacht. Hat geschmunzelt wie ein Alter. Aber der Mund war so schön, die Lippen herzförmig, und die Augen waren so klug. Der Blick!

Der Samuel hat auch solchen Herzmund gehabt, auch solche Zähne, die nicht gestellt waren so dicht, also, solche Lükkerln, und im Kinn hat der Samuel ein Grübchen gehabt, und auch blaue Augen, ein schöner, grader Junge. Grad wie eine Kerze! Ein Denkerstirn.

Er hat aber auch a miese Gewohnheit gehabt. Fortwährend abgebissen die Nägel beim Lernen und Nachdenken. Von dem hat man ihn nicht abbringen können. Und der Elieser, geschmunzelt wie ein Alter. Er hat ja unter die Russen Zigaretten verkauft auf schwarz! Da war er ja der geschicktester. Und er hat gepfiffen wie a Nachtigall. Der Aron hat gesungen, und den Elieser hab ich in meinem Leben nicht singen gehört. Aber was er aufgeschnappt hat, die Melodie, hat er sie nachgepfiffen.

Er ist gewesen a Burschottel. A jüdisches Kind mit Peies und Samtkappel. Hat er sich die Peies abgeschnitten, hat sich gefunden a Kaschkett, das ist so ein Kappel mit einem Schild, hat den Kaschkett aufgesetzt, und man hat in ihm nicht das jüdische Kind gesehen. Aber man hat in ihm etwas Besseres gesehen. Er hat so herausgeleuchtet, dieses Kind.

Ich kann mich erinnern, das hat die Mutter uns erzählt, daß mein Großvater, wann er erkrankt ist auf Lungenentzündung, da war der Elieser noch nicht gehend, so acht, neun Monate alt, und der Großvater hat gesagt, man soll ihm das Kind zum Bett geben. Da hat er so aufgespreizt die Knie und man hat ihm das Kind dort heraufgesetzt, und der Großvater hat sich so mit die Hände mit ihm beschäftigt, mit dem Buben. Dann hat er das Kind zurückgegeben. Und später hat meine Mutter erzählt, daß der Großvater gesagt hat, das ist ein Chacham. Das heißt, ein Gescheiter, ein Kluger. Acht Tage später ist der Großvater gestorben. Und auf den kann ich mich erinnern, auf diesen Fall. Daß uns die Mutter das erzählt hat. Ein Kluger!

Und er war so ein großer Tierfreund, der Elieser. Ein Pferdefreund. Er hat, wann es war so große Hungerszeit, wie dieser Chef in der Küche ihn nicht hat halten wollen, was hat er gemacht? Der Bauer hängt doch an zwei Kannen oder Kübel, für die Pferde, ja? Jetzt ist dieser Bub zwischen die Pferde. Ich sage Ihnen, gnädige Frau, das waren Pferde, die zurückgelegt haben die Ohren, wann man zu ihnen in die Nähe gekommen ist. Bissige Pferde. Und dieser Junge ist so furchtlos gewesen, was ältere Männer sich nicht getraut haben. Es war nicht mein Bruder allein, es waren andere Leute auch arm, und haben sich auch wollen a Stückl Brot erhaschen. Aber er war so tüchtig! Er hat den Bauern angesprochen, ob das Pferd soll er füttern. Hat er schon gespäht! Na, und hat nach Hause gebracht Säcke voll mit Brot. Auch Salami, auch Speck. Die Bauern haben ihm noch mehr gegeben als einem andern. Klein ist er gewesen, und diese Pferde bewirtet! Die haben getrunken, und er hat bekommen. Die Bauern haben ihn bestellt, sind wiedergekommen. Die Bauern haben ihn bestellt, sind wiedergekommen. Er hat schon seine Kundschaften gehabt. Und das Pferd muß herausgekriegt haben, daß er ein Pferdefreund ist.

Also, «Gulden». Zeitweise haben wir in der Küche Inspektion bekommen von die deutsche Kommandatur. Ist gekommen irgendwie a Unteroffizier. A paar Streifen hat er gehabt auf die Ärmel, a paar Akten in der Tasche unterm Arm. Das waren solche Überraschungs, wie sagt man? Ist er gekommen, hat hereingeschaut in Kochtopf, sich umgeschaut, ob sauber ist, und dieser Deutscher, der hat uns gemerkt. Aber einen Schmarren hat der das gewußt, daß wir Juden sind. Und einmal geh ich mit dem Aron, drei Kannen Wasser tragen wir von die Brunnen, und bei so einer Inspektion will der gerade wahrscheinlich weggehen von dieser Küche, und wir kommen gestiegen mit dem Wasser. Sprecht er uns an. Ich hab ihn sehr gut verstanden, gnädige Frau. Ich hab mich aber nicht getraut zu reden. Jetzt, wir haben stehengelassen die Kannen. Sagt er zum Aron: Du rauchen? Und mein Bruder wackelt mit dem Kopf: Ja. Er zieht heraus das Tabatiere, nimmt alle Zigaretten, laßt sich zurück nur zwei und gibt uns herrliche Filterzigaretten. Du hier arbeiten? Er hat geglaubt, er muß verdreht reden. Er hat sicherlich gut deutsch gesprochen, aber er hat sich bemüht, damit wir ihn verstehen sollen. No, er hat doch gesehen, daß das Volk so ist: es versteht ka Wort. Also. Schwer arbeiten? Ja, schwer arbeiten. Na schön. Weggegangen. Nach einer Zeit kommt er gestiegen aufs neue, erwischt uns wieder, gibt meinem Bruder Zigaretten und mir ein ziemliches Stück Schokolade. Ich hab es angenommen. Warum nicht? Dann rückt er heraus. Ja, sagt er, Krieg nix gut, nix gut! No, was? Ich darf doch nicht sagen, daß er gut ist oder schlecht? Ich muß doch ruhig sein! Aber er hat wollen a Aussprache haben.

Ja, er hat zu Hause a Frau und zwei Kinder! Und zieht heraus a Bild von zwei kleine Mäderl. Nicht besonders schöne Kinder, aber zwei Kinder, ja? Meine Kinder, sagt er. Ah, sagt er, nix gut, Krieg! Hier gut, sagt er, hier gut! Aber ich Angst, kommen Stalingrad! Hat schon in ihm die Angst gesteckt, daß man wird ihn versetzen. Armer Kerl. Hat nicht gehabt, mit wem auszusprechen. Hat uns arme Teufel aufgefischt. Was hab ich ihm helfen können? Hab mir gedacht: hast recht. Er war Sanität irgendwie, er war Wehrmacht. Gehilfe oder was. A junger Mensch. Also, hat er Zigaretten gegeben. Feine Zigaretten! Und die haben eine Freude gehabt, die Burschen. Die haben sich das aufgehoben. Die haben sich delektiert. Also, der ist sich gegangen das Herz ausschütten ausgerechnet bei uns. Nur, eines hat mir nicht gefallen, gnädige Frau. Sehen Sie, so ist leider das Volk verführt geworden. Er zeigt die Kinder. Gut. Dann zieht er heraus ein neues Paket mit Bildern, einige. Waren nicht so viele. Vielleicht fünf, sechs. Sagt er: Ich gewesen in Lodz. Das ist eine Webstadt in Polen. Viel Juda! Viel Juda! Er hat geglaubt, er muß mit uns Französisch reden. Kleine Aufnahmen waren das, und ich schau mir das an. Viel Juda! Ghetto! Lodz! Also, Juden, abgeschundene, mit Stern und Bart und so, und er hat das persönlich aufgenommen, wie sagt man, abgezwickt, so persönlich, als Gesicht, als Abschnapp! No, ich hab mir gedacht, also wann du dir das aufhebst als Andenken von die Juda und auf der andern Seite hast Angst vor Stalingrad? Ich hab mir für ihn leid getan, und dann hat er gezeigt die Fotos!

Gnädige Frau, Sie sollen von mir herausziehen, was Sie glauben, daß wichtig wäre. Weil, ich tu sonst den Faden verlieren. Mein Mann hat immer gesagt: Das nimmt ka Ende mit dir, ich brauch ka Radio, ka Fernsehn, mit dir hab ich genug! Was ich Ihnen erzähle, daß Sie hören zu, aber wir müssen zu einem Punkt kommen. Ich darf mich nicht erschöpfen, ich bin ja nicht gesund. Der Arzt sagt, ich soll in a Spital gehen. Aber die Menagerie dort vertrag ich nicht.

Also, wir haben dort gearbeitet. Man hat diese Juden damals noch nicht einwaggoniert, man hat sie noch auf Pferd und Wagen transportiert, wann gewesen ist eine Aushebung, und dann hat man gehört das Schießen. Man hat gehört im Restaurant, weil das war nicht sehr entfernt. Und da war einer, der ist vielleicht gewesen schon von Deutschland ein Verbrecher. Kleinwüchsig, mit einem blonden Schopp. Stämmig ist er gegangen, und das ist so herumgesprochen geworden, daß er zu diesen Patronen gehört, die dort gesessen sind beim Massengrab mit Maschinengewehr. Oft hat er sich damit auch geprahlt, wann er besoffen war. Hat sich angesoffen, daß er nicht auf die Füße hat stehen können! Und der hat einen jüdischen Arzt, einen gewissen Doktor Falk, abgeknallt auf der Straße. Das war ein besonderer Verbrecher, ich hab ihn gut gekennt! Aber von uns hat er nicht gewußt, daß wir Juden sind. So weit ist er nicht klug gewesen. Sonst hätte er uns auf der Stelle erschossen. Das hat für ihn ka Rolle gespielt. Er hätte auch Sie erschossen, Madame, auch wann Sie ka Jüdin sind! Auf diesen Viech kann ich mich genau erinnern.

Sehen Sie, wir haben gehabt an Küchenchef und a Küchenchefvertreterin. Sie war eine geschulte Köchin. Auf ihr werde ich später noch zurückkommen. Und dieser Küchenchef war ein Ruthener. Russisch-griechisch-katholischer Christ. Aber nicht orthodox. Das ist irgendwie auch ein Glaube. Ist nicht katholisch, nur griechisch-katholisch. Ukrainisch hat der gesprochen. Und was der war so deutschfreundlich, war er auch a Judenhasser. Na, so sehr ist er vielleicht auch nicht gewesen, weil er doch uns geduldet hat. Aber er war ein großer Antikommunist und Deutschfreund. Eine Frau hat er gehabt und Kinder. Er hat sich das Beste und Schönste nach Hause getragen. A Küchenchef, was wollen Sie? Gut. Meines hat er genommen? Meines hat er doch nicht genommen! Er hat bestohlen die Küche! Sehen Sie, das beste Schnitzelfleisch. Wir haben das gewußt, aber es hat ihn niemand verraten. Und wann er schon gehabt hat gekocht das Mittagessen, so gegen elf Uhr, ist er gegangen am Klosett. Pünktlich. Dann ist er zurückgekommen. Ich sage Ihnen, gnädige Frau, er hat sich die Hände nachher nicht gewaschen! Und hat dann seine Portionen ausgeteilt. Dann hat er sich herausgenommen a Zeitung, hat angefangen zu lesen. Na, und da hat er spekuliert. Wie weit die Deutschen schon vorgerückt sind. Oh, oh, sagt er. Die deutsche Armee hat schon nicht weit nach Moskau! Sie werden bald dort sein! Sie werden sie schon abkragseln, diese Kommunisten!

Also, jeden Tag Kontrolle gemacht in der Zeitung. Und eines Tages kommt dieser mit dem Schopp.

Der ist doch gewöhnlich nach die Eskorten, wie man das sagt, außerhalb von Brzezany, ist er sich gekommen sehr gut antrinken. Der hat sich doch beteiligt, dieser Blonder. Na, und eines Tages trinkt er sich gut an, und andere Deutsche sind auch gesessen, Soldaten, Uniformierte, haben dort gegessen und gesungen und getrunken. Na, ist er gestolpert irgendwie in den Klosett, hat er nicht gewußt zurückzufinden in den Restaurant hinein. Gewackelt, weil er so betrunken war. Er hat auch immer einen Blick gehabt, daß Gott soll einen hüten. Solche verschwommene Augen, so wie ein Tier, so eine Art böser Schwein.

Auf einmal kommt dieser Ungetüm hereingestolpert in diese Küche. Alle haben wir uns erschrocken. Gottes willen! Jetzt ist er hereingestolpert! Wissen Sie, ein Besoffener. Und dort haben wir gehabt ein Fenster, wo man hinausgibt die Speisen. Und über dem Fenster hat gehängt so ein heiliges Bild, von der heiliger Maria, unter Glas. Großes Bild! Die heilige Maria mit dem Jesus. Und dieses, wie heißt das? Dieses Leuchtende. Die Leuchte überm Kopp.

Er war sehr gläubig, der Küchenchef. Und also, dieser Besoffener, auf einmal fallt ihm der Blick ausgerechnet auf die heilige Maria. Er sagt: Was ist das? Und wir alle sind ruhig geblieben. Alle waren wir ruhig. Was ist das? Noch einmal. Wir schweigen. Erstens einmal haben die andern Deutsch nicht verstanden. Die haben doch überhaupt nix verstanden. Ich hab schon verstanden. Aber ich hab mich doch nicht können einlassen auf ein Gespräch! Mein Großvater hat aber die Buchhaltung in deutscher Sprache geführt. Meine Mutter hat mit ihren Brüdern deutsch korrespondiert. Also, wir sind ruhig. Was ist das? Wieder ruhig.

Auf einmal zieht er heraus den Revolver, kraaach! In die heilige Maria. Bums! Es hat sich zerplatzt das Glas, in den ganzen Essen, in alle Töpfe hinein, in die Suppen, in die Gulasch! Die ganze Küche voll mit Splitter.

Wir sind alle blaß geworden, weil wir uns erschrocken haben vor dem Knall. Die Gäste haben auch gehört den Knall von der Pistole. Und auf einmal: Das ist alles Scheiße! Sagt er. Der Besoffener. Ist er hinausgestolpert. Kommt der Inhaber. Hat doch gehört den Schuß! Hat geglaubt, es hat sich jemand erschossen da drin, wahrscheinlich. Das ganze Essen ist voll mit Glas! War doch vorbereitet für die Gäste. Sagt der Chef: Niemand soll essen. Weil die Köchin hat gleich versucht, das herauszuholen, die Splitter. Sagt er: Nein, das Essen kommt alles weg. Niemand darf das anrühren! Es wird rasch etwas gekocht für die Gäste! Also gut. Chef ist Chef. Wir haben gepackt die Töpfe mit allem, zu die Mistkübeln, hinaus. Hinaus damit!

Der Küchenchef, der ist Ihnen weiß geworden wie Papier. Und so hat sich ihm gebeutelt der Mund! Mir hat er nicht gebeutelt, der Mund. In Schrecksituationen bin ich irgendwie sehr standhaft. Gezittert hat er. A Mannsbild! Und wir Frauen und Mädeln sind gegangen und haben herausgetragen, herausgeschleppt, neue Kartoffeln geschält, zusammengeklaubt das Glas, heruntergenommen die heilige Maria. Die war ganz erschossen dort.

Zerschossen ist sie, nebbich, gewesen, die arme Maria. Was hat sie sich helfen können? Und der Küchenchef ist den nächsten Tag nicht gekommen zu der Arbeit. Er ist krank geworden. Der Mann war vielleicht zwei oder drei Wochen in Krankenstand. Es hat ihn so hergenommen. Da hat die Stellvertreterin geführt die Küche. Und nach dem Krankenstand, gnädige Frau, der Mann war wie ausgewechselt.

Er hat nicht mehr kontrolliert, wann die Deutschen werden sein in Moskau. Er war ein gläubiger Christ. Und wann dieser Deutscher hat in diese heilige Maria hineingeschossen, das hat ihn aufgerüttelt. Auf einmal haben wir bekommen größere Portionen zum Essen. Waren doch solche schreckliche Juden, solche aufgeschwollene Bäuche, gelb auf dem Gesicht, aufgeschwollen bis in die Augen, verhungert, die sind gekommen, die Mistkübel herumkratzen. Und der Mensch hat nicht mehr gewartet auf die Befreiung von Moskau. Er hat gesehen, die Deutschen, nicht so einfach! Sie schießen nicht nur die Juden, sie knallen auch in die heilige Maria! Darf man das? Dann sind sie doch keine Christen! Wir haben gehabt den Vorteil, und nicht nur wir. Auch die andern Juden. Er hat dazugeschoben! So.

Alles hat seinen Sinn gehabt, sehen Sie? Hat die heilige Maria das bewirkt, daß er den Juden a bissel mehr zu essen gegeben hat. Da war der Jesus doch nur a Jude gewesen, und die heilige Maria auch. Die heilige Maria war ja a Jüdin gewesen! Hat ja Mirjam geheißen. Und sie hat uns bewirtet. Arme Juden haben a bissel zu essen bekommen. Die heilige Maria hat Mitleid gehabt. Was haben diese armen Juden gekannt dafür, was vor zweitausend Jahren geschehen ist mit ihrem Sohn? Sie war doch auch a Jüdin und jüdisches Kind gewesen.

Aber mit dieser Jawdonja, das war a andere Geschichte. Sie war a primitive Frau. Nicht die Küchenchefvertreterin. Von der werde ich später erzählen. Aber diese Jawdonja, die hat uns verraten. Zuerst noch nicht. Aber später. Nicht verraten, aber verjagen hat sie uns wollen. Nur, vorher hat sie uns das Leben gerettet.

Das ist gewesen zwischen Weihnachten und Neujahr, zu unserem Chanukkafest. Also, es hat wieder geheißen, der Judenrat muß zur Verfügung stellen soviel und soviel Juden, Frauen, Kinder, ganz egal. Menschen. Wie ihnen das eingefallen ist.

Damals haben sie noch erschossen. Die Gaskammer hat noch nicht existiert. Da hat man mit Kugeln die Menschen in die Gräber gebracht, halb lebendig. Was glauben Sie, es ist ihnen schade gewesen um die Kugeln. Haben hereingeschmissen, a paar erschossen, a paar nicht. Und das ist noch die Frechheit: der Judenrat hat müssen zur Verfügung stellen die Fiaker, die die Juden weggeführt haben. Und die Juden, hat es geheißen, müssen mitnehmen die Binkeln. Sie werden ausgesiedelt.

Also, die haben geglaubt, sie werden ausgesiedelt, haben mitgenommen ihre Habe, und dann sind zurückgekommen die Fiaker ohne die Binkel. Das Volk hat das auseinandergestohlen. Dann haben die Deutschen wahrscheinlich teilweise an sich genommen Gold und solche Sachen. Die Juden haben doch auch Geld gehabt. Und diese, die geschossen haben, sind eben nachher gekommen sich ansaufen bei uns.

Also, Chanukka. Wo soll man sich verstecken? Eine Kälte, ein Schnee, ein Frost! Wo sollen wir hingehen? Man kann doch nicht unter freiem Himmel sein?

Oben am Stock haben gewohnt außergewöhnliche Juden. Das waren Ärzte, Advokaten, Zahnärzte, Apotheker. Das waren Auserwählte, wie man sagt, Bevorzugte, Privilegierte. Ich glaube, sie haben aber doch auch einen Stern tragen müssen. Am Stockwerk gewohnt, geschützte Juden, weil man sie gebraucht hat. Wie lange sie geschützt waren, weiß ich nicht, weil der Aron und ich doch nachher verlassen haben dieses Brzezany. Aber damals waren sie geschützt, man hat ja auch die Zahnärzte gebraucht. Und es ist auch viel Geld gemacht worden. Man hat gezahlt, und der Judenrat ist ihnen protektionsweise an die Hand gegangen. Es waren doch lauter angesehene Menschen, ja?

Die Deutschen, damit sie sollen ein leichteres Spiel haben mit die Juden, haben sie gebildet den Judenrat, so wie wir haben hier eine jüdische Kultusgemeinde. Da haben sie aufgestellt a paar Juden, das waren irgendwie so a Art repräsentable Menschen, die haben geführt solche spezielle Kanzleien, und dort haben sie gekriegt ihre Befehle von der SS. Sie haben koordiniert die Deportationen, und dann haben sie sich gebildet jüdische Polizei sogar, und die haben getragen eine Binde: Judenrat. Den Stern haben sie getragen und die Binde. Und einen guten Knüppel haben sie gehabt. Das waren Verbrecher. Jüdische Verbrecher! Die waren gefährlicher noch wie die deutschen, insofern, weil wann a Jude sich an Bunker gebaut hat, hat der Deutsche, wann ihn nicht direkt a Christ verraten hat, hat der Deutsche, wann er ist vielleicht a bissel blöd gewesen, den Bunker nicht gefunden. Aber der jüdischer Polizist, der hat das ausspioniert und hat das eigene Volk verraten.

Madame, sie haben geglaubt, sie werden sich dadurch retten. Aber ein Schmarren! Bis alle waren deportiert, haben die Deutschen auch sie in die Waggons hineingegeben, und jetzt: Jazda! Panie gazda! Fahren wir, mein Herr! Wann so ein Polizist sich zufällig in einem Auschwitz oder Treblinka oder in Majdanek noch gerettet hat, da muß er haben vieles auf dem Gewissen! Und wann er sich nicht gerettet hat, hat er sich eben nicht gerettet. Das waren große Schweine, Madame.

Mein Mann hat gesagt, ich bin a Antisemitin, weil ich hab so geflucht auf diesen Polizisten. Der hat mir doch später den Bruder weggenommen, den Elieser. Dir wird es leicht, hab ich meinem Mann gesagt, zu reden. Du bist ja nicht in meiner Haut gesteckt!

Also, wo halten wir? Chanukka. Gut. Ich bin hinaufgegangen zu diesen Juden, zu diese Doktoren am Stock. Eine Apothekerin war dort. Gnädige Frau, hab ich gesagt, zeigen Sie uns doch, wo Sie sich verkriechen! Wir haben keinen Bunker, sagt die Patronin zu mir. Sag ich: Aber ich bin informiert, daß Sie haben einen Bunker. Wer hat Ihnen das gesagt? Die Christen haben mir das gesagt! Ich hab nicht sagen dürfen, wer, verstehen Sie? Wissen Sie, wer mir das gesagt hat? Der Inhaber des Hauses. Ein Christ. Ein nobler Mensch, ein studierter. Über vierzig. Seine Mutter war eine Dame, hat gehabt ein Dienstbot, a festes Weib. Und er war irgendwie a lediger Mann, und er hat mir so den Wink gegeben, ich soll mich melden bei diese Juden. Die haben da ein Versteck. Wahrscheinlich hat er sogar irgendwie mitgeholfen, ausspekuliert, wie man den Bunker dort machen kann. Aber ich hab nicht sagen dürfen, daß der Hausherr hat es gesagt. Wie kann ich den Hausherrn bloßstellen? Wissen Sie, der hat sich mit mir gern unterhalten. Ich bin ihm irgendwie sympathisch gewesen.

Hat mir Gott, ich soll mich nicht verschreien, gegeben so eine Gnade. Ich war nicht eine Schönheit, aber ich habe etwas gehabt in mir, was mich irgendwie beliebt gemacht hat. Ich war bescheiden und trotzdem gesprächig. Glauben Sie nicht, ich habe so viel gesprochen wie heute!

Der Hausherr war ein gebildeter Mensch, ich eine Rotzerin, und er hat sich doch eingelassen. Und mir den Wink gegeben. Aber die Jüdin hat nicht verraten wollen, und mit Gewalt hat man nix erreichen können. Und verstecken haben wir uns doch müssen!

Also, ich habe mir aus einem Fetzen genäht einen Rucksack. So eine Schultertasche. Wir haben auch keine Schuhsohlen gehabt mehr. Hab ich geflickt die Holzschuh wie ein Schuster. Leder zusammengezeugt und zusammengenäht und mit Nägel gekloppt. Man ist viel in Schlapfen herumgegangen.

Ach, gnädige Frau, was wissen Sie! Wer hat auf was gegeben, wann man gesehen hat das aus seiner Warte? Ich hab repariert die Holzschuh, hab aufgenäht diese Schultertasche, hereingesteckt ein Stück Brot, eine Schachtel Zündholz, zwei Kerzen, ein Messer, a bissel Salz. Kindisch! So war ich in meiner Blödheit. Es war nicht blöd, aber wieso Salz? Ich weiß nicht mehr. Ich hab mir das so eingebildet. Und alles vorbereitet in dieser Tasche.

In der Nacht hab ich den Luiser hinausgeschickt, aufhängen das Schloß auf die Türe. Dann hab ich ihn durchs Fenster hereinkommen lassen. Angezogen haben wir uns und gewartet. Wir haben vorgehabt, wann es zu etwas kommt, werden wir hinauskriechen und laufen ins Freie. Der «Gulden» war ein Eckhaus, und er ist gestanden außer dem Ghetto.

Gut. Also, wir sitzen dort, ziehen uns nicht aus. Wir warten die Nacht, warten den Tag, warten die Nacht. Es hat sich nichts gerührt. So sind vergangen zwei Tage, und die dritte Nacht sind wir so müde schon gewesen, daß wir, angezogen, wie wir waren, einfach eingeschlafen sind.

Wir haben ja Wache gehalten. Einer hat geschlafen, der anderer hat aufgepaßt. Und so haben wir uns abgewechselt. Aber auf einmal sind wir alle drei eingeschlafen. Und da kloppt es aufs Fenster.

So! schreit diese Jawdonja, was schlaft ihr Rotzer! Schreit sie. Wißt ihr denn nicht, daß man die Juden zusammennimmt, alle? Was schlaft ihr da!

Es war sechs Uhr früh, noch finster. Aber sie ist als erste in die Küche gekommen, einheizen und die Kessel vorbereiten. Sie hat gewußt, daß wir dort wohnen. Ach, in Gottes willen, krach! Raus! In die Schlapfen sind wir hinein, und ich pack die Tasche, und wir fangen an, uns hinauszuzwängen durch den Fenster. Und lehnten das Fenster zurück. Und wir gehen.

Der Aron fangt an zu laufen. Hab ich gesagt: Nicht laufen. Nicht laufen. Gehen. Gehen, gehen, normal.

Ich hab sie in Schach gehalten. Und in der Weite hab ich gesehen, oh! Ein gepflanztes Gewehr. Er hat uns gesehen, vielleicht nicht gesehen, aber er hat nicht gewußt, wem er seht! Und wir gehen diesen Weg. Das war so ein Berg. Da waren solche Häuser mit Gärten. Gehen, hab ich gesagt, nicht laufen. Wir sollen nicht auffallen.

Dann dreh ich zurück den Kopp, vielleicht nach fünf Minuten, ist schon an der Ecke gestanden ein SS. Jetzt hab ich mir gedacht: Na, haben wir aber Glück gehabt. Hätte sie uns nicht aufgeweckt, wären wir verloren.

Sind wir auf den Feldweg gekommen, haben wir gesehen ein Häuschen. Winterwald, ein Hund, ein Stall. Ein Hund, ein nichtrassiger, angebunden an einer Kette. Eine kleine Sorte von einem Hund, so a bissel gefleckt. Aber ziemlich hat er die Zähne gezeigt!

Waren noch junge Leute, die waren schon wach, der Mann ist in die Arbeit gegangen, wahrscheinlich. Sag ich: Ich bitte Sie, es ist eine Razzia, wir sind Juden, kann man sich da irgendwo verstecken?

Die schauen uns an. Sagt der Mann: No ja, schwer! Wir haben Kinder, die Gefahr ist zu groß. Sie haben doch eine Scheune, hab ich gesagt, vielleicht können wir hineinkriechen? Es ist doch schrecklich kalt draußen! Hat er gesagt: Wir haben Angst.

Wir haben ihm schon leid getan, gnädige Frau, aber man ist ängstlich. Es waren solche Gesetze. Nicht jeder hat das auf sich so nehmen können. Vielleicht, wann man Geld angeboten hat oder wie, hat man mehr gemacht. Vielleicht auch mit Geld hat man nicht gemacht.

Interessanterweise, die haben gehabt einen dreizehnjährigen Buben. Janko hat der geheißen. Sagt der Bub von sich selbst: Wißt ihr was, wann ihr gehen wollt in den Wald, ich werde euch aussuchen einen guten Platz.

Wir waren die ersten, die dort angefangen haben zu trappen in diesem Schnee. Es war alles weiß, wie mit Zucker bestäubt. Aber es war sehr kalt, der Schnee verfroren, eine trokkene Kälte.

No, Janko geht mit uns, sucht uns irgendwie aus einen Baum. Ihr könnt da schon ruhig sein, und morgen werde ich kommen nachschauen, was da mit euch geschehen ist. Ich hab ein Zündholz, hab ich gesagt. Ja, aber Feuer darf nicht viel sein, sagt der Janko, sonst fangt an der Wald zu brennen! Und hat angefangen zusammenzusuchen solche kleine Hölzer. Er hat schon gewußt, was man nehmen soll. Er hat sich sehr gut ausgekennt dort. Ich war Laie diesbezüglich. Aber ich hab Zünder mitgehabt und eine Kerze. Ein Zündholz muß man immer irgendwo haben und ein Messer. Komisch, ich hätte sollen ein Mann sein. Ich hab immer ein Messer bei mir gehabt. Und Janko sucht zusammen diese Zweiglein, und wir machen ein Feuer, so ein niedriges. Und der Janko hat gesagt, man soll immer ein bissel zuschieben. Er hat es dem Aron gezeigt.

Es ist schon inzwischen Tag geworden. Was man suchen soll, hat er ihm gezeigt, welche Späne dazu taugen, und die Buben haben das zusammengeschleppt, bis wir haben so einen Haufen dort neben uns gehabt. Also gut, den Tag sind wir dort gesessen, haben aufgegessen das Brot, haben uns a bissel gewärmt. Wissen Sie, aber sehr viel nicht.

Gegen Abend kommt Janko gestiegen. Nix zu machen, sagt er, man kann nicht nach Hause gehen, man tut die Juden zusammennehmen, das ist gefährlich. Sag ich: Wer kann denn da aushalten? Es ist ein Frost zum Umkommen! Ja, sagt er, wann Sie – «Sie» hat er mir gesagt, nur zu meinen Brüdern hat er «du» gesagt, und ich hab ihm gesagt «du» – wann Sie wollen, werde ich Sie führen in einen Kanal, wo Sie werden wärmer haben, in einen Wasserkanal, dort wird Ihnen nicht kalt sein, zumindest. Was heißt, ein Wasserkanal? Ist doch Wasser! Sagt er: Es ist ein Wasser, aber dort kann man sein. Also, Janko schleppt uns zu diesem Kanal.

Dort war ein eiserner Deckel, und die zwei Buben, mein Bruder und Janko, haben versucht, den Deckel aufzuheben. Ich schau dort hinein. Gottes willen, Röhre! Solche Trumm Röhre! Unten war Erde und finster. Das erste Mal in meinem Leben hab ich gesehen, was heißt ein Kanal.

Sagt der Janko: Wann ihr da hereinkriecht, werde ich den Deckel zurücklassen, und ihr könnt die Nacht dort sitzen. In der Früh werde ich kommen, den Deckel aufheben. Sind wir nicht so in der Kälte, hab ich gedacht. Das war geschützt. Unter der Erde ist es wärmer! Wir kriechen dort hinein, er laßt den Deckel herunter, und dieser Kanal war aber so, daß man nicht hat gerade stehen können, weil sonst ist man gekommen mit dem Kopp an diese Röhre. An diese Wand hat man sich nur anlehnen können. Es war keine Möglichkeit zu sitzen. Dort ist irgendwie so ein Wasser geronnen. Also, ich hab gehabt die zwei Kerzen. In Gottes willen, dort hat gar keine Kerze brennen wollen! Dort war keine Luft! Die Kerze läßt sich aus. Ich mach noch einen Zünder an. Patsch. Wieder weg. Kerze angezunden, krach! Hat nicht brennen wollen! Auf einmal fangt mir an, schwindlig zu werden. Ach, mir ist schlecht, ich werde brechen. Und der leere Magen! Ich kann nicht einmal liegen. Fall ich doch hinein ins Wasser!

Ich halte es nicht aus, hab ich gesagt zu meinem Bruder, ich muß hinaus in die Luft! Mein Bruder versucht den Deckel zu heben. Glauben Sie, er hat gekonnt? Ich war schon erschöpft. Ich hab schon gehabt die Zustände. Und er versucht zu heben den Deckel. Und es geht nicht. Ah, verzweifelt! Zum Brechen! Schlecht, mir. Lieber bin ich schon unter freiem Himmel, bevor ich soll da ersticken! Ich hab versucht auch, mich irgendwie niederzuhocken, weil Stehen hab ich schon überhaupt nicht können. Ich hab gehabt Angst, ich werde in diesem Wasser noch hineinfallen, naß werden, und da ist ein Frost draußen! Aber diese Zustände, die hab nur ich gehabt. Meine Brüder haben das nicht gehabt. Die sind ganz verzweifelt gewesen mit mir zusammen. Sie haben sich nicht gewußt, mir zu helfen. Der Aron, der hat versucht, den Dekkel aufzumachen, aber er hat es nicht gekannt. Er hat das nicht zustande gebracht! Jetzt haben sie mich irgendwie so gestellt, daß der eine mich hat gehalten bei der Hand, der zweiter hat mich gehalten bei die zweite Hand, und ich hab mich irgendwie gehockt dort auf diesen Boden neben der Wasserrinne. Und so hab ich verbracht Stunden.

Zum Hinwerden. Und gewartet, daß dieser Janko soll kommen. Beide haben mich gehalten.

Endlich, nach diesem Ganzen, ist doch der Janko gekommen. Er macht auf den Deckel, ich kriech heraus, ganz benommen. Benommen, wie besoffen. Ich! Ah, frische Luft, eingeatmet! Also gut. Jetzt hab ich gesagt: Janko, unter freien Himmel!

Hat er uns wieder zurückgeführt dorthin, zu dem Baum. Hat er gesagt, er wird gehen in die Stadt, er ist nur gekommen, uns von diesem Kanal herauszuschleppen, er wird uns später benachrichtigen. Die Mutter hat geschickt etwas zu essen, daß wir uns doch immer für a bissel erquickt haben. Und wieder die Kälte und alles, aber ich setz mich einfach auf diesen frostigen Boden, ohne Decke. Mir ist ganz wurscht alles. Die Luft hat mich doch irgendwie aufgemuntert.

Haben wir wieder gesucht den Zeug, haben wir wieder a bissel Feuer gemacht. Man hat gewartet, bis Janko wird helfen auf neue. Gegen Abend kommt Janko wieder gestiegen. Nix zu machen. Man kann nicht zurückgehen. Sag ich: Janko, es tut mir sehr leid! Entweder wollen deine Eltern uns da hineinlassen in die Scheune, daß wir uns verkriechen in den Stroh oder wir bleiben unter freien Himmel! Wann mein Brüder wollen gehen in Kanal, sollen sie gehen. Ich kann nicht gehen in Kanal! Haben meine Brüder gesagt: Wann du nicht gehst, gehen wir auch nicht. Nein, sagt Janko, mein Vater hat Angst, er kann euch nicht nehmen. Ich will nicht gehen in Kanal, ich bleib. Soll es der Teufel holen. Und alle drei sind wir in der Nacht so gesessen in diesen strengen Frost, daß wir uns gewärmt haben.

Ich hab ganz abgefrorene Zehen gehabt, alle drei haben wir gehabt abgefrorene Zehen. Wund. Wund waren uns die Zehen! Na, leichte Strümpfe gehabt und so. Die Buben haben gehabt Hosen. Ich hab gehabt eine Schoß. Es war mir sehr kalt! Aber diese Zustände wenigstens hab ich nicht gehabt.

Gegen Nachmittag, wo ist Janko? Janko kommt nicht! Ah, er hat auf uns vergessen! No, was! Er war ja noch ein Kind. Kein Janko. Und wir sitzen. Auf einmal kommt Janko gestiegen, doch. Und sagt: Jetzt ist die Sache fertig, ihr könnt nach Hause gehen. Es ist die Luft rein.

Na, rein! Sie war doch nie rein! Aber zumindest die Razzia war vorbei. Sie haben ihres getan, diese Viecher, und sind abgezogen.

Also, Janko hat uns herausgebracht auf den Weg, ich hab mich bei seine Eltern bedankt, trotzdem. Sie hat doch Stückl Brot geschickt und war doch auch indirekt die Vermittlerin trotzdem, weil wann sie nicht gestattet hätte, wär doch der Bub nicht gegangen.

Na, und wir kommen nach Hause, finden das Tor aufgeschlagen, unsere Türe, zu unserer Wohnung. Also, die Juden haben uns gesucht mit die Deutschen zusammen. Sie haben gehabt diese Spürhunde, diese Spitzel! Verräter. Da ist es ja so gegangen: Gib ich nicht deinen Kopf, muß ich geben meinen Kopf. Und die Zehen, das hat geschmerzt! Im Sommer hat sich das dann verheilt. Mich hat das noch Jahre geschmerzt, wann ich keinen richtigen Schuh gehabt hab. Ja, und da bin ich gegangen zu dieser Jawdonja.

Jawdonja, hab ich gesagt, ich danke Ihnen vielmals, daß Sie uns aufgeweckt haben.

Die Jawdonja hat gestrahlt. Gestrahlt hat sie vor Freude, wissen Sie? Sie hat das nicht einmal erwartet. Ich hab ihr zum Ausdruck gebracht, daß sie uns hat das Leben gerettet. Das hat sie schockiert. Da ist sie sich erst recht bewußt geworden, was für eine Tat sie gemacht hat, wissen Sie? Die Frau hat nicht einmal schreiben können.

Deshalb glaube ich, daß sie nachher uns angeschrien hat und so weiter, später, da ist sie nicht einmal so schuld gewesen. Der Hausbesorger, der gewesene, hat uns verraten, und sie hat müssen losgehen auf uns.

Aber diese Küchenchefstellvertreterin, gnädige Frau, diese geschulte Köchin, war eine große Seele.

Stellen Sie sich vor, was für a Schicksal. Verlobt mit einem polnischen Gendarmen, von dem hat sie einen Buben gehabt. Wohnung, Einrichtung, alles fertig, das kleine Kind, und knapp vor die Hochzeit. Aber dieser Bräutigam, zu gleicher Zeit hat er auch ein Verhältnis gehabt mit einer zweiten Frau, und die hat auch ein Kind von ihm gehabt. Wie diese junge Frau, die Küchenchefstellvertreterin, das erfährt, nimmt sie eine Hacke, zerschlagt sämtliche Möbel, schmeißt sie heraus aus dem Fenster, zerreißt sämtliche Garderobe, schmeißt sie aus dem Fenster, packt ein paar Kleinigkeiten und das Kind, geht weg von der Stadt, das war Umgebung Krakau, und strandet in Brzezany.

Hören Sie mich zu, Madame! In Brzezany hat sie mit einem Juden gelebt. Den hat sie bei sich versteckt gehalten. Adolf hat er geheißen. Und zufälligerweise war dieser Adolf der Direktor, der mich damals in dem Geschäft auf den Posten aufgenommen hat. Was das Schicksal haben will.

Die Frau hat gehabt ein großes Herz. Hat mir gegeben Steppdecke, Bettzeug, Polster. Hat uns insgeheim so manches bissel mehr Essen zugestopft. Es war ja große Hungersnot. Die Juden haben ka Anspruch gehabt auf diese Zettel für Nahrung. Sie waren größtenteils schon vernichtet, aber ein paar noch haben existiert, und manche schlupften heraus irgendwie durch einen aufgerissenen Brett oder wie, von dem Ghetto, und sind in den Restaurant gekommen, in Hof. Haben in die Mistkübel gewühlt, und was sie dort treffen, stopfen sie sich in den Mund oder in die Taschen.

Diese Frau hat die gekochten Knochen sich ausgemacht, daß sie muß das übernehmen, die Knochen abputzen. Weil es hat ja müssen verwendet werden zum Faschieren, das Fleisch von die Knochen. Aber sie setzt sich hin zu dem Arbeitstisch, schält ab die Knochen, obzwar der Küchenchef das hätte so haben wollen, daß ein Minderbediensteter erledigt das. Aber nein, sie mußte putzen die Knochen. Und sie hat sie so geputzt, daß auf die Knochen auch noch Fleisch geblieben ist. Dann hat sie das alles schön in einen Papier gegeben, in Zeitungspapier gepackt, und sie hat dann, wann der Küchenchef lange auf dem WC gesessen ist, das auf den Misthaufen gelegt, und dann sind diese Juden gekommen, haben herausgegrübelt, eingepackt in Mund, in die Taschen, und in zwei, drei Minuten war alles weg. Und schnell mußten sie davon!

Die Frau hat beobachtet das durchs Fenster. Sie hat ka zerschossene Maria gebraucht, sie hat auch kein Kreuz getragen. Gnädige Frau, sie war eine Christin, hat mit einem Juden gelebt, ohne Kreuz, ohne Zierde. Ohne zu bekreuzigen sich.

Und der Elieser, wie ein Kanarienvogel, sag ich Ihnen. Bei uns hat man aber nicht dürfen pfeifen. Bei orthodoxe Juden war das Pfeifen verboten. Aber der Bub hat gepfiffen. Wo hat bei uns ein Kind geraucht? Den Pfiff vom Elieser haben wir aber einmal ausgenützt auf a miese Art. No, Sie werden sagen, ob es mies war.

Schauen Sie, der Elieser war eingesperrt in dieser Wohnung, und der Aron und ich, wir haben bekommen kleines Essen in der Küche. Wir waren hungrig. Wir haben schon mehr gekannt auffressen, als wir bekommen haben. Von dem haben wir noch müssen dem Elieser auch geben. Jetzt ist doch mir gekommen die Idee mit diesem Loch in den Keller. Hab ich Ihnen noch nicht erzählt? Also, wir haben ausgestemmt ein Loch in Fußboden in unserem Zimmer, darüber wieder gestellt den Kasten, und so haben wir die Möglichkeit gehabt davonzulaufen in den Keller, vom Keller in den Hof und vom Hof auf die Straße. Und damit man uns nicht soll merken, haben wir von draußen das Schloß so aufgehängt, wie wenn diese Türe wäre versperrt.

Also, die Brüder waren schmäler als ich. Aber sie haben gestemmt, bis der Loch war so groß, daß ich mich auch hab durchzwängen können. Und der Aron und ich, wir haben oft müssen die Fässer Bier in den Keller hereinrollen und herausrollen. So hat man uns gegeben den Schlüssel. Man hat auch müssen Kartoffel herausbringen und so, ja? Das Fleisch ist gegangen der Chef holen. Jetzt haben wir uns dort in diesem Keller mit einer Kerze umgeschaut.

Ich weiß nicht mehr, wer der Anzettler war. Vielleicht war ich es, vielleicht der Aron. Der Elieser braucht doch auch etwas zu essen! Und wir könnten von diesem Keller so manches herausnehmen, daß wir uns abkochen a bissel.

Es war mit sehr großer Gefahr verbunden, auch mit Herzklopfen. Und jetzt haben wir den Elieser gestellt vors Haustor, in der Nacht, als Schmiere. Und auf seinen Pfiff hab ich gehorcht.

Der Aron ist hinunter in den Keller mit einer Kerze, hat eingepackt Kartoffeln, rote Rüben, gelbe Rüben, Sauerkraut, weiß der Teufel was.

Wir haben mit dem Kleinen besprochen, daß er soll den Pfiff geben, wann er sieht, daß sich etwas rührt. Er hat den Chef gekennt. Das war ja ein Hakenkreuzler, und er ist oft von zu Hause gekommen gestiegen ins Gasthaus, in der Nacht, Rechnungen machen. Haben wir doch müssen haben eine Schmiere! Und wir haben besprochen den Pfiff. Dieser Inhaber hat das Kind nicht gekennt. Auch den Pfiff nicht gewußt. Aber es ist zu diesem Pfiff nicht gekommen.

Man hat uns nicht überrascht. Der Aron hat sich gepackt den Sack auf den Buckel, ich hab abgesperrt den Keller, und wir sind durch den Loch in unser Zimmer, dann durch den Fenster ist hereingekrochen der Elieser, und wir haben ausgepackt den Sack zu essen. Wir haben Angst gehabt. Schnell, schnell!

Man hat sich das ein bissel so, wie sagt man? Aufgebessert. Um sich tatsächlich das Leben zu erhalten. Es war nichts wert, aber es war ein Wert. Und dieser Küchenchef hätte doch gekannt sagen: No, hast du einen Bruder? No, nimm dir ein Stückl Fleisch! Was die für Abfälle gehabt haben!

Diese Jawdonja hat immer sich aufbewahrt einen Krug voll mit die Abfälle für ihr Schwein. Sie hat sich ein Schweindl gehalten.

Gott soll einen hüten, ich hätte auch genommen von die

Teller, was die Gäste zurückgelassen haben! Und wann die Küchenchefstellvertreterin etwas weggenommen hat, hat die Jawdonja mit solche böse Augen geschaut, daß sie hätte sie erstochen mit ihre Augen!

Einmal, gnädige Frau, hat ein jüdischer Polizist einbrechen wollen in unsern Zimmer. Und der Elieser, er war doch eingesperrt, ist vom Loch in Keller, vom Keller auf den Boden, hinauf in Kamin. Gottes willen, ich komm nach Hause von der Arbeit, Gottes willen! Mein Bruder ist nicht da.

Aufgehackt der Schloß, der Kasten weggezogen. Wo ist mein Bruder? Wir fangen an zu suchen, der Aron und ich, wir gehen in den Keller, ganz verzweifelt, rufen, schreien. Wo ist der Bruder? Man hat ihn sicherlich weggenommen! Und ich lauf auf die Straße, wo kann er sein, Gottes willen, man hat doch nicht gehört von einer Razzia!

Aber dieser Judenrat hat gehabt manchmal solche Befehle, daß man muß stellen a paar Männer. Da hat dieser eine Judenpolizist sich verlegt auf den Elieser und hat ihn wollen fangen. Und der ist ihm davongerennt. Und auf einmal hör ich die Nachtigall. Das Pfeifen. Wo ist er, in Gottes willen? Ich schau hin, ich schau her.

Mir fallt doch nicht ein, am Dach zu schauen, am Kamin! Auf einmal pfeift er wieder. Dann hab ich gefolgt, von wo der Pfiff kommt, schau hinauf. Gnädige Frau, es war aber Sommer. Man hat nicht geheizt. In Gottes willen, das Kind steht Ihnen dort oben am Kamin, gänzlich, und lacht. Verrußt! Ganz verrußt. Und lacht! Hab ich geschrien: Komm herunter, es ist alles in Ordnung!

Der Judenrat hat durchblicken lassen, es wird eine Deportation sein. Das war vor Jom Kippur, schon zweiundvierzig. Wo sollen wir uns verstecken? Die Juden am Stock verraten nicht ihren Bunker. Ich zerbrech mir den Kopf. Wo sollen wir hin? Wieder in den Wald? Es ist Sommer, die Leute gehen dort spazieren!

Auf einmal zeigt der Aron mir einen Haufen Steine im Keller. Ziegel und Steine. Vielleicht dort hineinkriechen und sich vermaskieren? Wir dürfen uns niemandem anvertrauen. Wer sollte uns aber zudecken? Ist mir eingefallen das Klosett im Hof. Es waren dort zwei, und eines benutzbar. Die zweite Türe verschlagen mit Bretter. Ein Latrinenklosett. Ich stemme auf die verschlagene Türe, schau hinein. Eine gewöhnliche Dreckgrube ohne Gestell. Weil doch normalerweise auch eine Latrine hat solches Klosettgestell. Aber es war ohne den Gestell, nur eine Grube.

Ich rufe meinen Bruder, er schaut sich das an. Und wir sagen, wir werden uns in dieser Latrine verstecken, nehmen eine große Holzstange, die wir im Klosett von inwendig an die Tür lehnen können. Ein tüchtiger Trumm ist das gewesen. Aber nur zwei konnten da hinein. Da haben wir besprochen, den Kleinen werden wir unter diese Steine verstecken im Keller. Wir werden ihn mit diese Steine vermaskieren, und dann gehen wir zu zweit in die Latrine.

Zeitlich in der Früh sind wir durch den Loch. Mit Kerzen, brennende, sind wir zu diese Steine. Auf einmal entdecken wir dort zwei kleine Mädchen. Ihre Eltern haben dort einmal gewohnt, und irgendwie, sie haben sich ausgekennt dort in dem Keller. Haben die Eltern sie vielleicht dort in diese Steine hingebracht? Die Kinder haben sich vor uns erschrocken. Sag ich: Fürchtet euch nicht, ich geb meinen Bruder auch noch dazu, und ich werde euch da bedecken mit diese Steine. Also, wir freuen uns, daß der Elieser nicht allein sein wird.

Das Gestapo hat befallen die Stadt, hat umringt das Ghetto. Überall sind Wachtposten gestanden. Man hat die Juden zusammengenommen und in Waggons gegeben. Es war mehrmals, aber das war zu Jom Kippur. Gewöhnlich haben sie sich ausgesucht solche hohe Feiertage, wo die Juden beisammen sind. Wann Juden im Tempel sind und so. Oder sie haben ganz einfach gesagt dem Judenrat: Ihr müßt uns zur Verfügung stellen hundertzwanzig oder zweihundert oder fünfhundert Menschen. Von wo ihr hernehmt, geht uns nichts an! Und dieser Judenrat, was hat er sollen machen? So hab ich doch verloren dann meine Brüder!

Also, wir freuen uns, daß mein Bruder nicht allein sein wird, verstecken die zwei Mädel und den Elieser zusammen, vermaskieren sie, und wir zwei kriechen in die Latrine. Wir sind aber nur gestanden neben dieser Latrine. Wir sind noch nicht hineingekrochen. Wir haben vorgehabt, falls wir hören sollten, daß die Deutschen kommen, daß wir hineinkriechen werden und mit unseren Händen die Stange halten. Wir steckten die Stange sehr streng gegen die Türe, falls jemand sollte dort hineinwollen, damit das einen Widerstand gibt. Verstehen Sie? So genau wie ich das aufgemacht hab, hat doch ein anderer gekannt auch aufmachen!

Nach einer kurzen Zeit steht mein kleiner Bruder vor der Latrine und jammert, er will bei die Steine nicht bleiben, er will sein bei uns. Also, wir machen auf die Türe, und der Kleiner klettert herein. Wir haben auch gehabt eine dunkle Decke, und übern Kopp haben wir uns diese Decke hinübergeworfen, so daß man kein Gesicht gesehen hat. Das war so a Art Tarnung. Und von unten aus haben wir gehalten diese Stange.

Gnädige Frau, der Einfall war nicht schlecht! Auf einmal hören wir Stiefeltritte. Und dieses Geschrei von SS. Feste Tritte. Wir lassen uns hinunter in diese Latrine, überdecken unsern Kopp mit dieser Decke, und wir haben gehalten mit unserer ganzen Kraft diese Stange. Der Kleiner hat nicht können, der war ein Kind. Also, die SS fangt an zu suchen. Juden! Wo sind Juden! Sind hier Juden? Auf deutsch natürlich. Ein SS kann doch nicht anders reden als deutsch.

Visavis ist gewesen die Küche, wo wir gearbeitet haben, und dann war dieses Klosett, das benutzbare, und daneben diese Latrine. Ein bissel weiter weg war ein Weg zu diesem Keller.

Also, ein Gebrüll. Wo sind Juden! Man hat angefangen zu suchen. Auf einmal hören wir einen Knall. Schuß! Von einem Revolver. Und auf einmal hören wir ein Quietschen. So a Art Aufschrei von Kindern. Sind in den Keller hinein, diese SS, haben dort gesehen einen Haufen Steine. Mit der Zeit sind sie schon auch draufgekommen auf Verschiedenes, was man sich so ausspekuliert hat. Haben sie in diese Steine ganz einfach hineingeschossen. Sie haben nicht getroffen! Aber die Kinder haben sich erschrocken und haben aufgeschrien, die zwei. No, mehr hat man nicht gebraucht. Haben sie weggeschoben die Steine, schleppen sie diese zwei Mädel heraus, frassen ab die Größere. Das Frassen haben wir gehört. Abgeohrfeigt. Das haben wir gehört, und die zwei haben gewinselt. Gejammert haben die, geweint. Gezittert hat das und so geweint.

Wo sind noch Juden? Und die eine, die Größere, hat gesagt, sie weiß nicht. Sie hat es auch nicht gewußt! Wann sie gewußt hätte, hätte sie es wahrscheinlich auch gesagt in ihrer Angst. Und er hat sie gefragt und gefraßt, und dann hat er sie weggenommen, die Kinder.

Auf einmal seht ein SS diese Klosettüre. Er hat nicht gewußt, daß es ist ein Klosett. Macht auf eine Türe, seht ein Klosett, na, ist er gegangen dort machen. Fertig geworden mit seinem, dann seht er irgendwie verschlagen die Bretter. Und so wie er seht dieses Bretterverschlag, kracht er mit seinem Stiefel hinein. Schmarren! Hat nicht nachgegeben. Wir haben gehalten. Noch einmal. Stampfen! Es hat nicht nachgegeben. Scheiße, sagt er. Hat ausgespuckt.

Das hat man gehört, wissen Sie, besonders wann man hat die Nerven angespannt, man hört alles. Ausgespuckt und ist gegangen. Also, a Ruh ist gewesen.

Dann sind gekommen Menschen. Es war doch a Restaurant! Die Leute trinken dort Bier, nicht wahr, und lauter Deutsche! Dort haben keine Polacken gegessen. Es haben sich nur deutsche Soldaten dort verpflegt.

Diese Latrine hat aber gehabt einen Fehler, und dieser Fehler war unser Verhängnis. Sie war abgeteilt mit einer Bretterwand, und unterm Plafond war frei.

Es war schon später Nachmittag, wir sind herausgekrochen von der Grube, haben uns a bissel abgewischt den Dreck und sind gestanden. Man hat ka Stiefel gehört, man hat nur gehört Kommen, Gehen. Soldaten auch, aber das ist leicht gegangen. Das war kein gestiefeltes Militär. Na, auf einmal kommt wieder jemand hinein in den Klosett. Und was das

Pech nicht haben will, stellt sich Ihnen jemand herauf auf den Gestell und guckt herein! Und das war der gewesener Hausmeister. Man hat ihn ja herausgeschmissen, es haben doch Juden gewohnt im Haus, er hat nicht dürfen für Juden Hausmeister sein, als Christ. Und er hat sich dort ausgekennt, dieser Mensch, und er steckt herein so den Kopp, sieht uns. Ich hab ihn auch gesehn. Sagt kein Wort. A paar Minuten später kommen heraus von der Küche die Jawdonja, der gewesener Hausmeister und noch zwei Küchenabwäscherinnen, christliche. Und fangen an zu schreien. Zydy! Juden! Heraus da! Wir werden noch alle draufzahlen!

Wir haben uns nicht gerührt, verstehen Sie? Weil ich ja die Stimme gekennt von dieser Frau. Die hat uns doch das Leben gerettet, dieselbe.

Komisch! Einmal hat sie uns das Leben gerettet, das zweite Mal ist sie gekommen, uns herausjagen. Heraus von da! Wir werden noch draufzahlen!

Wir haben uns nicht gerührt. Auf einmal sagt diese Jawdonja: Wann ihr nicht von da herausgeht, zeigen wir euch an, dann kommt die Gestapo!

Na, da hab ich mir gedacht: Na, das ist schon nicht gut, wann sie schon droht, daß sie anzeigen wird. Normalerweise, die Jawdonja und ich, wir haben uns vertragen. Ich habe oft gesagt: Jawdonja, gehen Sie nach Hause, ich werde das schon machen. Ah, aber wann Jawdonja sagt, sie wird uns anzeigen, man kann es ihr glauben! Also, mußt heraus. Sonst kommt das Gestapo.

Und wir machen auf die Türe und kriechen ganz schön heraus, verdreckt, wie wir waren, gestunken wie a Pest. Fangen sie an zu schreien. Verstunkene Juden! Na, logisch.

Vielleicht war es eine Übertriebenheit von mir, wir hätten vielleicht nicht einmal müssen in diese Grube dort hineingehen. Ich hab gemacht. Ich hab geglaubt, so ist es besser.

Ach, verstunkene Juden! Ganz dreckig sind sie alle! Also, jetzt sind wir hinaus auf die Straße. Es war aber noch Tag, ein Sommertag, fast war Herbst. September. Aber es ist noch schön gewesen. Nur, auf der Straße können wir auch nicht sein, weil die Juden fangt man zusammen, die Deportation ist noch nicht fertig. Jetzt gehen wir in den Wald.

Sag ich zu meinem Bruder: Nicht eilen, damit wir nicht auffallen. Schön langsam, hab ich gesagt. Gut. Wir gehen langsam. Durch die Straße, wo noch Menschen gegangen sind, bis wir gekommen sind zum Feldweg, und zum Feldweg haben wir es schon eilig haben können, es hat schon angefangen zu dunkeln.

Sind wir hineingegangen wieder zu diese Leute, von wo wir den Janko haben gekennt, sag ich: Können wir uns nicht verstecken irgendwie in der Scheune? Sagt der Mann: Die Razzia ist noch nicht fertig. Logisch, der Mensch fürchtet sich. Sind wir also in den Wald, mit Janko.

Janko, hab ich gesagt, wir gehen dorthin, wo wir waren schon einmal, und du wirst uns kommen sagen, wann wir nach Hause gehen können. Der hat sich dort ja sehr ausgekennt. Er hat eine Nase gehabt. Er war ein Waldjunge! Hat gewußt die Richtungen. Und ist mit uns mitgegangen und hat uns einen guten Platz gefunden, in Dichtungen, daß man uns ja nicht sieht. Vor einem Baum haben wir uns hingesetzt. Gar nichts mit uns gehabt. Nicht einmal eine Weste hab ich angehabt. In der Früh, Sonne aufgekommen. Vögel gezwitschert. Alles war noch schön grün.

Ich hab Angst gehabt, es kann kommen a Jäger oder a Waldaufseher, wie sagt man? Diese Förster! Oder jemand kann kommen klauben die Schwammerl. Hat nur ein bissel Zweig sich gebrochen, ist nur ein Tier durchgegangen, hab ich schon geglaubt, a Mensch geht. Gespitzt waren die Ohren!

Zufällig ist niemand gekommen. Wir warten, warten, warten. Kein Janko. Und sitzen dort, ohne Essen, den ganzen Tag. Und trauen uns von diesem Wald nicht heraus. Bis es wird Abend, Janko kommt gestiegen. Bringt a Stückl Brot, a bissel Milch. Und sagt: Ihr könnt nicht zurückgehen, die Razzia ist noch nicht fertig. Man hat noch nicht gehabt zusammengestellt das Kontingent. Man hat noch nicht gehabt so viel, wie man hat gebraucht. Man hat noch müssen suchen.

Also, noch eine Nacht. Das ärgste war Durst. Es ist dort irgendwie so geschwommen a kleines Wasser. Vielleicht hat das sollen a Fluß werden. Vielleicht war es für die Tiere gemeint. In diesem Wasser haben wir uns den nächsten Tag abgewaschen. Wissen Sie, wir haben uns so aufgefrischt, daß wir den Gestank los sind. Aber getrunken haben wir nicht. Wer weiß, was für Krankheit man hat sich gekannt dazuschleppen. Lieber haben wir gelitten. Und während dem Tag ist man aufgestanden, sich ausrakeln, a paar Schritte nur gemacht, so daß man selbst kein Geräusch verursacht, sich schnell wieder zurückgesetzt, um Ruhe zu bewahren. Nicht getraut haben wir uns zu reden. Es gibt doch ein Echo, man muß aufpassen.

Nächsten Tag, Janko kommt wieder nicht! Es war ein Blätterwald. Dicke Bäume. Und solche Jungbäume dazwischen. Zufällig hab ich Wald sehr gern. Besonders Blätterwald. Aber wir haben dort keine Tiere gesehen. Das Gras ist so schön gewesen, und die Tiere haben uns vielleicht gespürt und sind davongekrochen. Haben sich nicht gezeigt!

Also, gegen Nachmittag, Janko kommt gestiegen. Also, sagt er, tausendzweihundert Juden hat man zusammengenommen und waggoniert. Und die Deutschen sind weg. Die Kommandantur war dort, aber die, was gekommen sind zusammennehmen, die sind verschwunden. Nachtigallen haben die geheißen, die ersten Kommandos.

Janko hat gesagt, man kann schon nach Hause gehen. Hat uns herausgeführt von dem Wald. Mit meinem Bruder hat er sich befreundet. Er war a polnisches Kind, aufgeweckt. No, wann er wäre schlecht erzogen gewesen gegen die Juden, er hätte das nicht gemacht! Jetzt sagt der Janko: Ich geh mit euch. Wir kommen nach Hause. Also: unsere Türe aufgebrochen. Die jiddische Polizei hat aufgebrochen das Schloß! Hat weggeschoben den Kasten, auch alles durchgedreht, alles zerworfen. Na, ich hab etwas abgekocht, und wir sind ins Bett hinein. Aber mir ist durch den Kopp gegangen: Gottes willen, was ist mit meiner Mutter? In dem Dorf, wissen Sie, mit meiner kleinen Schwester.

Wir haben die Nacht durchgeschlafen, und nächsten Tag sag ich zu meinem Bruder: Ich geh ins Dorf. Sagt er: Was willst du gehen ins Dorf, man wird dich noch auf dem Weg packen! Sag ich: Ich weiß doch nicht, was mit der Mutter geschehen ist, ich muß doch nachschauen! Zur Arbeit in die Küche bin ich nicht gegangen, gnädige Frau, ich war doch böse auf diese Jawdonja! Zumindest hat sie nicht drohen müssen, wissen Sie, daß sie uns anzeigt. Das hat mir nicht gepaßt. Das hat mich irgendwie getroffen, doch. Hab mir gedacht: ich geh nicht zurück in diese Küche. Aber ich bin doch zurück, nachher. Nur, momentan hab ich es noch nicht gehabt verdaut. Jetzt ist mir wichtig gewesen, was mit der Mutter geschehen ist und der Schwester.

No, und ich geh zu Fuß, hab mich gehalten auf der Strecke und bin angekommen. Niemandem bin ich aufgefallen. Ich hab keinen Stern angezogen. Ich hab irgendwie doch christlich ausgeschaut. Mein Haar war so Ihre Farbe, gnädige Frau. Ich komm hin, wo meine Mutter hat gewohnt. Aufgeprallt die Tür. Alles herausgeschleppt! Ich meine, diese paar Fetzen. Es war doch sowieso nicht viel da. Nichts ist mehr gewesen in dem Loch! Nicht einmal die Eisenplatte vom Ofen! Weggenommen! Ka Topf, ka Geschirr, nichts! Das haben die Christen sich geholt. Und ich steh. Keine Mutter, keine Schwester.

Ich steh. Komisch, interessant. Daß ich bei solche Geschichten nicht kann weinen. Ich weine nicht bei solche Sachen. Ich bin gestanden wie angenagelt, wissen Sie, angenagelt, ohne reden zu können. Und auf einmal guckt herein eine Frau.

Wahrscheinlich hab ich einen schrecklichen Eindruck gemacht. Ich hab mich doch selbst nicht gesehn! Sagt sie: Kommen Sie zu mir. Sag ich: Wo ist meine Mutter? Wo ist meine Schwester? Sagt sie: Ja, Ihre Mutter ist nicht mehr da. Sag ich: Und wieso? Man hat sie weggenommen. Wieso, hab ich gesagt, hat sie sich nicht versteckt? Ja, sagt sie, Ihre Mutter hat sich nicht verstecken wollen. Auf den herauf bin ich herausgeplatzt wie eine Wahnsinnige. Ein Geschrei! Meine Mutter hat sich nicht versteckt? Die Kleine auch nicht? Und hat gewartet auf den Tod? Hab ich ein Geschrei von mir los! Und die hat angefangen, mich zu trösten. Aber es ist nicht gegangen.

Wieso hat sie sich nicht verstecken wollen? Meine Mutter war lebensbejahend! Meine Mutter war mit den Nerven in Ordnung!

Ich soll bleiben, ich soll die Nacht verbringen. Hab ich gesagt, ich bleibe nicht, ich hab meine Brüder eingesperrt, sie werden sich Sorgen machen. No, und ich hab angefangen zurückzumarschieren. Hab abgeworfen die Schuh, zusammengebunden, herübergeworfen über die Schulter. Barfuß. Nicht rechts, nicht links geschaut. Zur Erde geschaut. Wie eine Wahnsinnige wahrscheinlich. Ich bin nicht normal marschiert. Ich kann mir das schon denken, wie ich ausgeschaut habe.

Es sind gefahren Pferdewagen. Aber es hat mich nicht interessiert. Ich hab auch nicht angesprochen, man soll mich mitnehmen. Man hätte mich mitgenommen, verstehen Sie, so schlecht sind die Menschen nicht gewesen. Aber ich hab das nicht verlangt. Dann bin ich zu mir gekommen: die Frau hat mich belogen. Hab ich mir gedacht. Sie hat mich angelogen. Meine Mutter hat sich nicht, nebbich, wo gehabt zu verstekken! Es hat sie niemand gelassen! Die Frau war eine Jüdin, aber einsässig. Sie hat gehabt Christen, Bekannte, was weiß ich.

Sie ist doch leben geblieben. Und meine Mutter hat nicht gehabt, wohin zu gehen. Das hab ich mir in meinem Kopf so zurechtgelegt. Ich hab meine Mutter doch gekannt! Eine Frau, die sieben Kinder geboren hat!

Gnädige Frau, ich will niemanden beschuldigen, aber ich hab es nicht verstehen können, daß eine Mutter ihr Kind mitzieht in den Tod. Und ich komme zurück zu meine Brüder. Sie freuen sich, daß ich da bin. Wir sitzen auf dem Bett. Ich erzähle ihnen aber, daß leider ist unsere Mutter nicht mehr hier. Und die Kleine auch nicht. Keiner von uns hat geweint, gnädige Frau. Keiner hat geredet.

Und dieser Judenpolizist, was sich hat verlegt gehabt auf meinen kleinen Bruder, der hat ihn mir dann weggenommen. Du Pferd, hab ich ihm gesagt, das ist doch noch ein Kind, der hat noch nicht einmal Bar Mizwa, den stellst du mir als Mann? Loschek, hab ich ihm gesagt, du Pferd! Das schimpft man so, wie Schwein. Loschek is a junges Pferd, das noch nicht eingespannt wird, das lauft nur neben dem Pferd mit. Du Loschek, hab ich zu ihm gesagt, du elendiger! Meinen Bruder, das Kind, hast du weggenommen und hast das gegeben als Mann? Der Elieser hat gehabt noch nicht einmal dreizehn Jahre! Du, hat der gesagt, wann du bist so frech, wann du willst so die Gosche dir zerreißen, das nächste Mal kommst auch du dran!

Gefährlicher Hund gewesen. Ärger wie die Gestapo. Ärger nich. À la Gestapo. A jüdische Gestapo! Wäre ich an die Reihe gekommen mit dem Aron, wann man nicht wäre weggegangen.

Haben die Leute mir gesagt: das ist schon nicht gut, wann der weiß die Wohnung, brecht auf die Wohnung und droht. Alle Deutschen sind dort gekommen, Madame, und niemand hat uns erkannt. Und sie haben uns nicht verraten. Aber dieser Viech hat uns ausspioniert, hat genommen den Elieser, und fertig war die Geschichte. Da haben wir uns besprochen, der Aron und ich, daß wir gehen. Außer der Stadt, weg von Brzezany.

Hab ich mir den Mantel gekürzt, hab mir gemacht einen Dreiviertelrock, daß ich nicht soll städtisch aussehen, und meinem Bruder hab ich gesagt: Jetzt müssen wir das verlassen, diese ganze Geschichte, dieser Loschek tut uns da auch mitnehmen, wir sind verloren.

Ja, ich bin noch gegangen zu einem gewissen Bohatsch. Sein Sohn war ein SS. Er lebt in England. Roman heißt er. Und das war a Bräutigam von einer Bekannten, und diesem Bohatsch hab ich gesagt: Herr Bohatsch, in Gottes willen, helfen Sie uns heraus! Sie haben soviel Kinder, geben Sie dem Buben a Schulzeugnis wenigstens von Ihre Kinder, und eines für mich. Er hat gehabt so a Mädel und so an Buben, mehr weniger in unserm Alter. Sagt der Bohatsch: Na, gehn Sie zu meiner Frau, vielleicht macht sie Ihnen das. Er hat gehabt außer der Stadt ganz ein schönes Haus mit sehr einem großen Garten. Er war a gutfundierter Mensch. Ein Ukrainer. Sie war eine Polin. Und ich komm dorthin. Sag ich: Guten Tag, guten Tag, Frau Bohatsch, Ihr Mann hat mich geschickt, wir sind Juden, Ihr Mann kennt mich, und ich arbeite in der Restauration. Aber wir müssen verlassen das Haus, die jüdische Polizei steigt uns nach, hab ich gesagt, sind Sie so lieb, geben Sie uns a Zeugnis, a Schulzeugnis von Ihre Kinder, für meinen Bruder und für mich. Schaut mich die Frau Bohatsch so mit einem boshaften Blick an. Sie war sonst eine schöne Frau. Schaut sie mit so an boshaften Blick mich an und sagt: Ich geb Ihnen gar nix!

Kann man nix machen. Zurückgegangen. Hinaufgegangen zu die Juden. Oben haben noch gewohnt die besseren Juden, und dieser Inhaber hat mir doch a Wink gegeben, daß sie haben Verbindungen, Geld, Gold, alles, was Sie wollen, reiche Juden. Komm ich hinauf, sag ich: Gottes willen, wir müssen weg, diese jüdische Polizei hat schon weggenommen den kleinen Bruder! Helfen Sie uns heraus irgendwie mit a falschen Dokument! Sie haben Verbindungen! Sie haben Geld und Verbindung! Warum sind Sie so schlecht?

Hat sie sich angeblasen die Nasen, die Jüdin, angeblasen hat sie sich die Nasen! Hat sie gehabt so a Nasenstimme. Wir haben gar ka Verbindung, hat sie gesagt. Durch die Nase, so. Die Noble hat sie gespielt.

Madame, der Schlag hat mich getroffen. Wann ich schon seh, wirklich, zwei alte Männer, die sind dort gesessen und haben Schach gespielt. Erhabene, alte zwei Männer. Und Schach gespielt auf so a spezielles Schachtischel.

Hab ich gesagt: Also, so sprechen Sie, gnädige Frau! Ka Christ will helfen, a Jud will auch nicht helfen! Hol's der Schlag, hab ich gesagt, das Ganze! Wir werden gehen ohne den.

Also, wir haben uns besprochen, der Aron und ich, daß wir werden uns machen auf den Weg. Wie Abraham, ja? Den Mantel hab ich mir so verkürzt, hab a Dreiviertelrock aus ihm gemacht. Damit ich nicht mit an Mantel geh. War ein feiner Mantel, ein Raglan. Ich hab müssen ausschauen wie a Bäuerin. Ich hab müssen doch verdrehn die Geschichte.

Zeitlich in der Früh sind wir heraus von Brzezany. Geld hab ich gehabt a bissel. Nicht vom «Gulden». Dort hat man uns nur gegeben zu essen und zu wohnen. Aber ich war doch Hausbesorger auch, und ich hab Geld gehabt von die Juden, die im Haus gewohnt haben. Zur Station haben wir uns nicht getraut zu gehen, weil wir doch Angst gehabt haben vor diese jüdische Polizisten, vor die christliche Polizisten, vor alle haben wir Angst gehabt. Man hat uns ja gekennt.

Jetzt haben wir uns besprochen, wir werden gehen irgendwie in ein Dorf, und dort fahrt der Zug durch, und dort werden wir einsteigen.

Und wir gehen so zu Fuß. Ka Stern. Stern weg! Gemma so zu Fuß, auf einmal seh ich, oh! A Bizykel fahrt. In Gottes willen, a Polizist! Ukrainer. Ich hab ihn gekennt. Jetzt sag ich zum Aron: Gott, wir sind verloren. Der packt uns, und erledigt ist die Reise! Haben wir gehabt a Ausweg? Aber wir sind gegangen. Weitergegangen. Chawale und Pawale. Das ist so wie: Max und Moritz. Wir machen uns weiter, wir gehen. Stehenbleiben nicht. Und der Polizist schaut uns an und wendet ab den Kopp. Der macht sich so, als möchte er uns nicht sehen. Gut hat der uns gekannt! Beide! Jetzt hat er uns aber übersehen absichtlich.

Wissen Sie, diese ganze Protektion ist doch noch gegangen vom Doktor Babiak. Das war doch in der Stadt der Bürgermeister. Und ich war doch bei ihm gewesen im Haushalt. Und sein Schwiegersohn ist gewesen der höchste Kommissar von der Polizei, der ukrainische. Weil seine Tochter hat dann geheiratet, und der Schwiegersohn hat von mir auch gewußt. Zmilek hat er geheißen.

Gut, also, nachdem ich schon beim Doktor Babiak gewesen bin, Zmilek hat auch gewußt. Und die Olga hat gewußt. Das ganze Gesindel hat dort gewußt. Also, hat der Polizist sich gemacht nicht sehen. Und wir sind durchgekommen.

Haben wir Glück gehabt, Madame. Alles Doktor Babiak gewesen. Und jetzt kommen wir am Zug und steigen dann aus, ausgerechnet in Lemberg.

Es war ein Palmsonntag. Ach, Hitatschka! Man fangt zusammen alle Juden. Hitatschka hat man das genennt. Razzia. Polizei, alles mögliche! Und die Leute sind gegangen mit die Palmen.

Was soll man da tun? Ka Dokumente? Sind wir im Zug geblieben, auf der Station. In der Stadt hat man sich nicht gekannt umschauen, wegen der Razzia. Wo man hingeht, Gefahr. Legitimieren haben wir uns nicht können. Und auf der Station ist niemand gekommen.

Dann sind wir gefahren weiter, Richtung Krakau. Und haben wir wieder Glück gehabt, daß man uns nicht legitimiert hat. Patrouillen kommen auch auf die Züge! Jetzt, endlich Krakau. Sie können sich vorstellen, wie wir gezittert haben.

Madame, die jüdische Polizei hat mir genommen den Kleinsten, den Raucher. Da hab ich doch gehabt einen Auftritt mit dem jüdischen Polizisten. Und den Aron hab ich auf eine schreckliche Art auch verloren. Den hab ich verloren auf eine Art, daß mich heute noch der Teufel holt, wie sagt man das? Daß mir heute das Herz möchte zerbrechen. Kein Abschied gewesen. Er war siebzehn.

Unterwegs, wie wir von dem Brzezany weggegangen sind, hat der Aron so zu mir gesagt: Wann man dich erwischt, eines werde ich dir sagen: dann lauf davon. Versuch davonzurennen, vielleicht rettest du dich. Weil wann du nicht davonlaufst, bist du verloren.

Jetzt, wir kommen an auf der Station. Wieder a Haufen Menschen. Ist ja eine Großstadt. Man geht, man kommt. Station voll mit Leute. Man sitzt, einer geht, einer kommt, Sie wissen. Sitzen wir dort, zwei arme Teufel, wissen nicht herein und nicht heraus. Was soll man da machen? Jetzt hab ich dem Aron geschafft warten. Weißt du was, hab ich gesagt, ich werde herausgehen auf die Straße, ich will mich da umschauen, wie es da ist. Ich bin doch in diesem Krakau nicht einmal recht gewesen! Was sich da tut! Ja, hat er gesagt, ich soll gehen. Und wo wirst du bleiben? Ich werde da bleiben auf der Bank sitzen, hat er gesagt, und wann ich werde merken, daß etwas ist, werde ich hereinlaufen auf a Klosett. Hat er zu mir gesagt. Und ich bin gegangen, hab aber nichts ausgerichtet auf der Straße. Hab gesehen a Gasse mit Menschen, und die Sonne hat gescheint, und man geht hin, man geht her, einer rennt. Da war a Tramway, dort waren Pferde. Es tut sich! Wie verloren. Aber ich bin schon trotzdem mit die Passanten gegangen.

Ich hab geglaubt zu suchen etwas so, wo man sich da irgendwie einordnen könnte, wo man irgendwie etwas sich da erwischen kann. Ich hab nicht gewußt selbst, was ich will. Ich hab geglaubt, in der Stadt, wo man trotzdem vielleicht doch irgendwie jemanden ansprechen kann, daß man vielleicht Arbeit bekommt. Hab ich so geschaut hin, a bissel geschaut her, bissel gegangen, mich umgeschaut. Mir ist schwarz geworden vor die Augen vor lauter Menschen.

Dann zurück am Bahnhof. War der Aron nicht mehr dort. Setz ich mich a Weile. Hab mich nicht getraut zu fragen die Leute. Sitz ich auf dem Platz, wo wir gesessen sind. Hab mir gedacht, vielleicht ist er am Klosett. Oder ist er vielleicht auf die Straße gegangen. Ist ihm langweilig geworden oder wie. Was weiß ich. Wird schon kommen. Dann hab ich mich gemacht in die Klosette suchen. Auf der Station. Nachschauen, hereinschauen. Ich hab gewartet. Dort muß man ja zahlen, in die Pissoirs und so weiter. Ich bin nur gestanden draußen, hab gesehen, man geht herein, man geht heraus. Vielleicht ist er doch noch auf der Straße. Er wird schon zurückkommen, so wie ich bin zurückgekommen.

Er kommt aber nicht zurück. Und finde keinen Bruder mehr. Und gewartet auf dieser Bank. Und dann hab ich doch nur gefragt neben mir solche ganz einfache Leute, ruhige Menschen, hab ich gesagt: Hat sich da etwas abgespielt? Hier? Ja, ja, haben sie gesagt, eine Razzia ist da gewesen. Man hat legitimiert und hat Leute weggenommen. Wahrscheinlich waren das Juden, weil sie keine Papiere gehabt haben.

Jetzt hab ich mir gedacht, jetzt weiß ich schon, wo er ist.

Gnädige Frau, ich hab gehabt so das Gefühl, daß man hat ihn erschossen. Weil mir hat er geschafft laufen. Er ist wahrscheinlich gelaufen und man hat ihn abgeknallt. Gewartet die ganze Nacht.

Gnädige Frau, mir ist von meiner Familie zurückgeblieben nicht einmal a Bild. Und ich war schon verheiratet, nach dem Krieg, in Preßburg, und mein Mann bringt eine Kredenz. Es hat gegeben damals solche Möbel irgendwie, man hat versucht sich einzurichten, und mein Mann laßt heraufbringen eine Kredenz mit Marmorplatte. Das war sicherlich von einer sehr reichen Familie, von Juden. Hat man diese Preßburger Juden ausgerottet, hat man alle Möbel zusammengetragen in einen großen Tempel, und das ist dort gestanden nach dem Krieg, und welcher Jude gebraucht hat irgendwie ein Möbelstück, hat sich nach Hause geschleppt. Also, mein Mann hat sich gewählt die schöne Kredenz.

Schnell, macht er sauber und zieht heraus eine Schublade, und in dieser Schublade findet er eine Postkarte. Und will sie wegschmeißen, weil, obzwar er war geschult, auch von einer orthodoxen Familie stammend, er hat keinen großen Wert darauf gelegt. Wie er das wegschmeißen will, greife ich das auf. Und schau mir das an. Nachdem ich die hebräische Schrift lesen kann, sage ich: Was, das hast du wegwerfen wollen? Ich stamme ab von dieser Familie! Das ist mein Stamm! Es war die Fotografie von einem Grabstein. Und in meine Hand ist es mir hereingekommen. Ich habe es mir vergrößern lassen. Sie können sich das anschauen, es steht auf dem Klavier. Wir Fränkel stammen mütterlicherseits von Shabsai Cohen. Cohanim, das sind Priester. Es gibt auch die Leviim, das sind die Diener. Und dann gibt es die Israeli, das Volk. Wann der Tempel existiert hat, haben die Priester die Zeremonie gemacht. Sie haben gedient Gott. Nach der Bibel haben sie kein Anrecht auf Besitz gehabt, Bodenbesitz. Sie haben gelebt von dem, was das Volk ihnen gegeben hat. Von Spenden. Das ist nach dem Buch Moses so bestimmt worden. Und diese Leviim waren ihre Diener. Die haben geholfen, Hände waschen. Glas hat man müssen reinigen, man hat müssen diese Opfer vorbereiten. Also, der Tempel existiert nicht mehr. Die Juden sind in die Diaspora gekommen. Also gibts ka Tempel, gibts ka gar nix.

Dieser Shabsai Cohen war ein großer Gelehrter, so daß man ihm auf dem Grabstein alles aufgeschrieben hat, seine Taten und seine Kenntnisse und was er geleistet hat. Das ist so wie ein Professor von Philosophie, weltlich gesagt. Aber in Talmudisch. A Rabbiner. Mein Vater, mein Großvater, das war alles privat geschult! Die Buben sind nicht in die öffentliche Schule gegangen, es war doch weltliche Schule, und ohne Kopfbedeckung hat ein Jude nicht dürfen sein. Und in der Schule hat man doch müssen die Kappe abgeben. Ich stamme von so eine Familie. Das war so eine Art, die nennt man Chassiden. Und ich bin die dreizehnte Generation von diesem Cohen. Er ist im 1664 so etwas aus Polen nach Mähren geflüchtet, weil es waren Pogrome. Er liegt in der Tschechei begraben, und was der Zufall haben will, ist mir geblieben diese Fotografie.

Wissen Sie, was heute geredet worden ist im Radio in diesem Gespräch, wo man einschalten kann, anrufen und mitreden? Wir sind alle verrückt, hat dieser Professor gesagt, dieser Psychiater. Hab ich angerufen und gesagt: Herr Professor! Weil, er hat gesagt: Wir sind alle verrückt und sehen, daß etwas nicht stimmt. Sag ich: Es kann doch nicht stimmen, daß wir sind alle verrückt? Vorgehabt, Madame, hab ich nur zu sagen die zwei Worte, daß es kann nicht klappen, weil wir nicht vollkommen sind. Aber im Moment, wie ich telefoniere, hat sich mir rückwärts das Hirn eingeschaltet. Und ich hab gesagt: Man hat uns genommen die Religion. Wissen Sie, warum ich das gesagt habe? Ich hab gelebt im kommunistischen Staat, in Preßburg. Und mein Mann hat gemeint, ich schau so christlich aus. Ich soll verleugnen meine Religion. Sag ich: Was? Ich hab so schrecklichen Krieg mitgemacht, und jetzt soll ich mich nicht bekennen? Und ich hab mich bekennt und hab gekriegt meine Frassen. Und mein Mann: Da hast es! Sag ich: Tut mir leid, damals ist es mir gegangen um mein Leben, jetzt geht es nur um die Existenz. Und bei dem Professor im Radio hat sich mir auf einmal eingeschaltet die Erinnerung, daß ich hab sollen verleugnen meine Religion. Irgendwie hab ich das zu schnell ausgedrückt. Aber ich hab nicht mehr gekannt ausrücken. Und er hat behauptet, man hat irgendwie nicht genommen die Religion, aber die Kirche hat versagt.

Bin ich schon so abgewichen. Sehen Sie. Aber ich will Ihnen zeigen, obzwar ich darf das nicht einmal machen, aber ich zeige Ihnen, damit Sie a Vorstellung haben. So legt der Priester die Finger zum Segen, so zusammen, und wir dürfen nicht hinschauen, man muß haben den Kopp gesenkt. Nur die Priester haben das Recht, das Volk zu sehen. Und diese Priester, wann wir schon sind dabei, da war dieser Hohepriester, was mit Jesus die Sache doch vorgekommen ist. Wie hat er geheißen? Dieser Kaiphas. Jesus war in meine Augen ein Jude durch und durch. Ein Gelehrter, ein guter Mensch. Er hat nur Gutes wollen fürs gesamte Volk. Das Volk war unterdrückt unter die römische Herrschaft. Wie hat er geheißen, dieser da? Der Herodes! No, und Jesus, damit das Volk nicht verzweifeln soll in seiner Situation, hat er es getröstet. Er hat ihm versprochen den Himmel und alles mögliche.

Wissen Sie, in der Not, bevor man soll zugrunde gehen, will man versprechen. Und die heilige Maria, die Mirjam, hat die Ehre gehabt, seine Mutter zu sein. Aber tun Sie den Jesus herauslassen. Ich sag Ihnen, wie's gewesen ist mit der christlichen Religion. Die christliche Religion ist durch den Herrscher Konstantin so eingeführt worden, daß sie unverständlich ist. Er ist doch als Heide übergetreten! Und Sie dürfen sich nicht beleidigen, aber die christliche Religion hat sehr viel Heidnisches in sich. Nehmen Sie Jesus als Juden, der ein, sagen wir in modernerem Sinn ein Revolutionär war, ein Erneuerer. Und der alte Jude mit allen Fehlern ist hartnäckig geblieben und war gezwungen, den Jesus zu denunzieren.

Erst wurde Jesus gebeten, er soll aufhören, die alte Gesetze zu schüren, sie sind heilig, man darf sich nicht aus der Gemeinschaft ausschließen. Er soll bleiben a frommer Jude bei altem Gesetz. Jesus wollte es nicht. Er war auch hartnäckig, beharrte bei seinem und endete lieber am Kreuz. Kreuzigen ist aber gewesen römische Art. Juden kreuzigen nicht. Sie haben im Buch Moses das Gesetz, daß ein Schuldiger muß vor Gericht gestellt werden. Die Alten im Rat haben versucht im Guten, ihn umzukehren. Wann einer sich tut versündigen, tut die Gemeinde ihn steinigen. Aug um Aug, Zahn um Zahn. Ist biblisches Gesetz. Sie müssen bedenken, daß die Israeliten als ägyptische Sklaven verroht waren. Man hat sie müssen mit Strenge in Schach halten. Damit sie keine Missetäter und Mörder werden. Und es ist in der Bibel die Aufforderung, daß der Vater den Sohn, wann er unfolgsam ist, züchtigen soll. Denn damit erspart er dem Kind die Unmenschlichkeit. Er muß gehorsam sein gegen die anderen, gegenüber seine Eltern. Damit er taugt und glücklich lebt. Wann der Vater seinen Sohn nicht züchtigt, wird dann der Vater, wann er alt sein wird, vom Sohn geschlagen werden.

Die Religionsangelegenheit ist eine sehr heikle Sache, Madame. Dort sind viele gescheite Menschen gescheitert! Wo sollen wir zwei Weiber klüger sein? Eines können wir zwei machen: daß wir beide bei unsere Überzeugungen bleiben und trotzdem uns lieb haben. Gut meinen. Aufrichtig sind. Ich hab mich nicht frohlockend wollen vergasen lassen.

Wäre, sagen wir, ein Mann gekommen und hätte gesagt: Ich rette dich und nehme dich zur Frau, aber du mußt Christin werden. Hätte ich ohne nachzudenken gesagt nein. Lieber Gaskammer. Es tut mir leid. Es ist die Wahrheit. Was Jesus gemacht hätte in so einem Fall? Ich glaube, er wäre ebenfalls in die Gaskammer gegangen. Sein Judentum hätte er nicht aufgegeben. Er ist als Jude geboren, als Jude gestorben. Daß man in seinem Namen die Juden gemordet hat, dafür kann er nicht. Nach seinem Tod haben die andern das gemacht. Er hätte schrecklich geweint über die Gaskammer. Gott ist für uns alle da, Madame. Wir sollen ihm suchen, aber nicht studieren. Ein frommer Jude ist kein Zweifler. Er glaubt. Der ewiger Jude stammt, glaube ich, weil er sich zum Ewigen Gott bekennt. Und später ist es geworden zum Schimpfwort für den Juden, weil er ohne Heimat war. Von einem Land zum andern getrieben, gejagt, beraubt, vergewaltigt, erdrosselt. Aber es ist den Völkern nicht gelungen!

Madame, wann es Sie zu sehr anstrengt, die Geschichte, schnappen Sie frische Luft! Essen Sie gut. Ein Medikament ist erlaubt zu nehmen, wann Sie sind nervös. Wann ich Ihnen gehe auf die Nerven, her den Leukoplast! Kleben Sie mir zu den Mund! Ich rede zuviel. Wann Sie nicht können schlafen, nehmen Sie a Pulver. Ein Medikament ist sogar Verpflichtung.

Hören Sie zu, a Kind von jüdische Eltern war sehr krank und hat sich alles herausgebrochen. Hat ka Medikament nicht vertragen. Sind die Eltern gegangen zum Rabbi. Der Rabbi sagt, sie sollen vor der Nase des Kindes die Pulver halten, damit es aufziehen soll den Geruch. Und so wird es genesen. Sehen Sie, überall findet der Jude Ausweg!

Gnädige Frau, es ist alles wahr, was ich Ihnen erzähle. Ich kann doch nicht etwas sagen, was nicht wahr ist. Und ich muß etwas hinzufügen, bezüglich meinem Bruder Samuel. Es jagt mich. Ich habe es müssen aufschreiben. Warten Sie, daß ich mir aufsetze das Augenglas. Ich bin doch halb blind!

Also.

Die Geschichte heißt: Er ist nicht kalle geworden, er ist nur klüger geworden. Kalle, das ist a jiddischer Ausdruck. Es bedeutet: schlecht. Vielleicht ist es gar vom Hebräischen abgeleitet. Ich weiß doch selbst nicht. Im Jargon ist das gesagt.

Also, wie ich Ihnen, Madame, schon erwähnte, hatte ich einen Bruder Samuel. Er war der Erstgeborener. Er war sehr begabt, und ein gutes Gedächtnis hatte dieses Kind. Er war auch ein Mathematiker. Wissen Sie, er hat ausgerechnet, noch bei uns zu Hause, im Elternhaus, wieviel in unserm Zimmer Zigaretten hineingehen möchten. So ist seine Mathematik ihm hochgegangen, daß er hat ausgerechnet diese Blödsinne.

Die Höhe des Zimmers, a Zigarette, und hat ausgerechnet: von soviel kann soviel hineingehen. Er hat gehabt das Herz auf dem Mund so ausgeprägt wie der Elieser. Aber der Samuel war kein Pfeifer! Er war der Gelehrter. Er war ein Hartkopf im jüdischen Sinn. Er war sehr fromm. Als Bub, so wie man bei den Christen sagt das Vaterunser, bevor man schlafen geht, so hat er gebetet vor dem Schlafengehen ein gewisses Gebet, wo man nicht mehr nachher sprechen darf. Und dieses Kind war nicht einmal verpflichtet noch, weil er noch keine dreizehn Jahre gehabt hat, er war nicht verpflichtet, das einzuhalten. Nicht einmal das Gebet zu sagen. Aber er hat sich in seinem Bett niedergesetzt wie ein Türk, so gekreuzt die Füße, und er hat auswendig das ganze Gebet gesagt. Das war aber nicht kurz!

Nachher hat er sich umgedreht zu der Wand, und man hat ihn erschlagen können, nicht ein Wort hat man von ihm herausbekommen! Es hat gekannt brennen und es hat sich gekannt tun, weiß ich was, er hat sich nicht gerührt. Als ob man ihm hätte zugepickt mit Leukoplast den Mund, ja, ja! Mit vierzehn, fünfzehn hat er schon gelernt mit solche Männer, die gehabt haben Bart und Schläfenlocken. Sind Verheiratete sogar gewesen, und er ist in derselben Bank gewesen, beim selben Rabbiner. Unser Rabbiner hat geheißen Halberstein. Der rojte Mottel war sein Chosed, das heißt, ein jugendlicher Mann.

Der Samuel, dieser Talmudist, hat nicht getragen Krawatte, sondern aus schwarzer Seide ein Brüstel. Und auf den hat er sich heraufgegeben den Kaftan. Mit zwölf Jahren ist er schickt worden in eine Jeshiva, er soll dort lernen und fromm sein, und nach dieser Lehre soll er werden Rabbiner. Zu seinem Feiertag, wann er war dreizehn, zu die Bar Mizwa, hat meine Mutter in die Jeshiva ein großes Paket mit Bäckerei geschickt und mit Tefillin. Das sind Gebetsriemen. Und diese Tefillin waren vom Großvater. Aufbewahrt geworden für ihn. Sie hat sich das ausgebeten, meine Mutter, von den Brüdern, weil ihre Brüder eigentlich das Recht gehabt haben auf die Tefillin. Mein Großvater hat noch einige gehabt, und sie hat verlangt ein Paar. Also, die Mutter war stolz. Weil der Samuel hat sehr gut gelernt. Er hat mitgehalten mit die Männer und war sogar oft gescheiter, nach Auskunft des Rabbi. Das Gedächtnis hat ihm so gearbeitet, wissen Sie, Frage, Antwort, Frage und so. Er muß gewesen sein erstklassig.

Also, das war in Biecz. Jetzt, eines Tages kommen die zwei Buben nach Hause, und das war mein Bruder und ein Nachbarssohn. Sie waren krank, man hat geholt den Arzt, und er sagte: Es ist eine Rippenfellentzündung. Es war Hochsommer. Der Samuel hat gehabt hohes Fieber. Phantasiert! Der zweiter Bub ist gestorben. Sie waren erst sechzehn, siebzehn, mein Bruder und der Kollege. Jetzt hat mein Vater der Mutter Vorwürfe gemacht, warum sie das Kind in diese Jeshiva geschickt hat. Vielleicht hat er dort nicht genügend gegessen! Es war schlechte Luft oder wie! Und jetzt werden wir ihn verlieren! Sie haben sich gestritten wegen dem, die Eltern. Aber dort hat doch ka Streit nicht genützt!

Die Ärzte sind gekommen mit verschiedene Medikamente. Ich bin zum Fluß gegangen, hab Zweige abgeschnitten von einem Weidenbaum, bin gesessen stundenlang bei seinem Bett und hab ihm Luft gefächert. Hab auch Fliegen verscheucht, weil Fliegen hat es genug gegeben. Obzwar überall sind gehangen diese Fänger. Es war a Plage mit die Fliegen! Und Gott hat geholfen. Der Bruder hat überstanden die Krise, und meine Mutter hat ihn geschickt zu ihrer Schwester, in eine Stadt, wo bessere Luft war. Diese Tante hat gehabt einen Sohn, der war vieles älter als mein Bruder. Und moderner. Schon gebildet im jüdischen Sinne, aber moderner. Und der hat derart auf meinen Bruder eingewirkt, daß er wollte nicht mehr in die Jeshiva zurückkehren. Na, eine Verzweiflung in die ganze Familie. Er muß jetzt irgendwie etwas erlernen, damit er soll einmal ernähren können eine Familie. Das hat ihm der Cousin so eingeredet.

Mein Vater hat gehabt in Biecz Verwandtschaft, das waren Tuchfabrikanten. Übergibt den Samuel, und er soll lernen Weberei. Aber mein Bruder war nicht handlich. Auf das hinauf haben sie ihn in das Magazin gesetzt. Damit also irgendwie aus ihm herauskommt etwas. Dort mit diese Stoffe.

Es kommt aber der Krieg. Mein Bruder packt sich zwei volle Koffer, setzt sich in Zug und will nach Hause. Die Züge bleiben stehen, weil die Deutschen bombardieren. Hat die Bevölkerung müssen zu Fuß gehen. Die Koffer sind ihm zu schwer geworden. Er wirft weg den einen Koffer. Bleibt bei dem zweiten. Seine Garderobe war drin, Madame. In beide. Dann wird ihm der zweiter auch zu schwer, schmeißt den zweiten auch weg und steht da ohne allem und geht. Aber er ist ja nicht allein gegangen. Das ist ja Massenflucht gewesen. Nur, die Deutschen haben ihn eingeholt und gesteckt in ein Lager, wo mehrere hundert Juden und Christen zusammengewürfelt waren, Burschen und junge Männer. Einer hat meinem Bruder gemacht einen Vorschlag, sie sollen ausreißen von dem Lager. Dieser anderer Junge hat sich irgendwie dort besser umgeschaut, hat gesehen, wo irgendwie eine Möglichkeit ist. Wann man sie hätte erwischt, hätte man sie abgeschossen. Aber der Samuel ist auf den eingegangen. Wer der zweiter war, weiß ich nicht, er hat uns das so erzählt. Ist mit dem zweiten ausgerissen und nach Hause gekommen.

Das war dort mit Bretter verhaut gewesen, diese Kaserne, oder etwas, was sie dort gehabt haben, und dieser einer muß herausgefunden haben irgendwie a Loch. Sie haben dort so blindlings zusammengenommen, sie haben nicht einmal gewußt, Jude, Nichtjude, junge Leut, gemma! Er war a hoher, schlanker Junge, der Samuel. Und wie ist er heimgekommen, abgerissen, zerschunden, ohne Kopfbedeckung, kaputt, ohne Geld, ohne allem. Aber unter seinem Hemd hat er die Tefillin getragen! Und ist mit die Tefillin nach Hause gekommen. So a frommer Junge war er, daß er hat weggewendet das Gesicht, wann a Mädel vorbeigegangen ist.

Bis zwölf Jahre hab ich wollen eigentlich Religionslehrerin werden. Als Mädchen kann man aber nicht lernen Talmud. Inzwischen ist in der Stadt bei uns ein alter Herr erkrankt, a Advokat, hat Schlaganfall bekommen, ist gelähmt geblieben.

Die Familie hat angefangen, langsam zugrunde zu gehen. Zwei Töchter waren zu Haus. Sie waren zwar elegant, aber so sehr schmächtig. Sind wie Papageien aufgeputzt gewesen. Solche papageienmäßige Mädchen. Aber nicht einmal mehr jung. Die dritte hat gefehlt, und da hat es geheißen, sie studiert. Eines Tages kommt zurück die dritte Tochter und übernimmt die Advokatur. Und dann hat man darüber in der Stadt gesprochen. Und ich hab sie gesehen. Sie war sportlich, solid gekleidet, nicht gefärbt, glatt frisierte Haare, wie ich. Und ist Advokat gewesen. Sie hat die Familie erhalten, ist ledig geblieben. Was nachher mit ihr geschehen ist, weiß ich nicht. Mit dem Bizykel ist sie gefahren, mit solche Schoßhosen. Wissen Sie, wann sie geht, schaut es aus wie a Schoß. Steigt sie auf den Bizykel, ist es eine Hose. Und mir ist eingefallen, Gottes willen! So ein Mensch könnte ich werden! Aber ich bin doch ka Advokat nicht geworden.

Ich bin schon nicht mehr so vernagelt, wie die Erziehung war, bin jetzt a weltlicher Mensch, aber ich bin noch mehr gläubig. Ich zünde Kerzen und ich halte Sabbat.

Dieser Aron, der Bruder nach mir, der war ein Sängernatur. Ich hab gehabt einen Zweier vom Gesang. Und er war gesänglich sehr begabt. Glauben Sie, daß er gespielt hat Schießereien und solche Sachen? Er hat sich genommen a Tischtuch übern Kopp, und auf den Sessel, er war doch noch klein, sieben Jahre, auf den Sessel hat er gelegt das Gebetbuch, den Siddur, und hat sich hingestellt und hat angefangen vorzubeten. So als wären wir im Tempel. Und er hat gekannt diese Melodien. Ich war der Gehilfe. Das Tischtuch hat er genommen, nachdem er a Talles nicht hat dürfen anrühren. Das hat er vom Vater gehört, ja? Bei uns haben die Juden ein Talles. Ein Gebettuch. Auch mein Vater hat das gehabt. Das muß man haben. Am Kopf. Und er, vom Tempel hat er das gesehen. Da hat er genommen a Tischtuch, a weißes, hat es sich am Kopp gegeben, hat gebetet, normal, wie das in dem Gebetbuch gestanden ist, und er hat gesungen mit der Melodie wie ein Kantor.

Ich hab mitgesungen, gnädige Frau, ich hab es auch gewußt. Ich kann Ihnen vorsingen eine Melodie, weil ich bin mit meinem Vater gegangen zum Rabbiner, Samstag abends. Mein Vater war wahrscheinlich auch irgendwie gesänglich begabt. Ich muß aber noch sehr klein gewesen sein. Es waren dort vielleicht fünfzig Männer, verheiratete, nicht verheiratete, und dieser Rabbi, er hat geheißen Halberstein, ist dort gesessen in einem Fauteuil, das war sicherlich alt, zweihundertfünfzig Jahr. Barock. Dort ist er gesessen, so elegant. Er war auch sehr schön, dieser Rabbi. Ach, er war sehr schön! Und bevor Sabbat zu Ende war, haben manche, die Talent wahrscheinlich gehabt haben zum Singen, haben sie vorgetragen. Und die hat man verehrt.

Aber es waren auch solche Männer, die nicht herausgebracht haben von sich einen Ton. Die haben kein Talent gehabt. Die hat man dann nicht, wie sagt man, verehrt. Sie haben gekannt beten, aber sie haben nicht die Melodie gekannt herausbringen, weil sie waren nicht geeignet. Mein Vater hat gesungen. Es ist gewesen a gewisses Lied, und ich war auf ihn so stolz.

Das war ja eine Ehre, wissen Sie. Ich kann Ihnen die Melodie vortragen, wann Sie wollen, aber nicht so schön. Ich singe alles, nur ich bringe es nicht gut heraus mit meinem Hals.

Ich hab ja eigentlich studieren wollen. Wissen Sie, ich war Dozierer. Keine Deklamatorin, aber Dozierer. Gnädige Frau, die Lehrerin hat uns gegeben als Aufsatz «Die Reise in die Welt». Die ganze Stunde hab ich gesprochen vom Gedächtnis heraus! Dann hat sie gesagt zu den Schülern: Bitte, wer hat zu kritisieren? Hat sich gemeldet einer. Schlank hat er geheißen. Sein Vater war irgendwie ein besserer Mensch, irgendwie ein Intelligenzler. Hat er sich gemeldet. Das und das hat gefehlt, sagt er. Das ist unwesentlich, sagt die Lehrerin zu ihm. Stellen Sie sich vor, so hat sie ihn abgespeist! Dabei war er ein Protektionskind, und ich bin die Jüdin gewesen. Bin mit Jargon in die Schule gekommen und hab den Vortrag gehalten!

Wann es hat kommen sollen Geschichte, Geographie oder

Religion, solche Sachen, wo man etwas wissen muß, haben sich in der größeren Pause auf dem Gang um mir herumgedreht ein paar Schülerinnen. Ach, ich bitte dich, Chawa, kannst du die Lektion? Ich war so ehrgeizig! Gnädige Frau, die ganze Pause hab ich mit dem verbracht, daß ich ihnen vorgetragen habe. Und sie haben zugehört, daß sie haben a bissel irgendwie Orientierung bekommen.

Komisch bin ich aber gewesen als Kind. Ich hab mir das nicht verkraften können, daß ich kein Bub bin. Ich hätte so gerne akzeptiert das Bübische. Weil der Bub hat die Möglichkeit mehr gehabt, das Studium zu betreiben. Ich hab wollen Talmud lernen, so wie die Brüder. Mithalten! Es waren ja meine Spielkameraden. Und ich kann singen die jüdischen Gebete, weil ich bin aufgewachsen mit meine Brüder. Der Vorbeter singt, die Gemeinde sagt das nach. Der Chor. Die helfen ihm. Und die geben auch den Ton, das Schöne, verstehen Sie, daß es ohrgefällig ist. Und dabei schaukeln wir uns. Und man gibt oft auch nicht auf Gefälligkeit. Frauen schaukeln nicht, nur Männer. Aber ich schaukle. Wann Sie sehen der Wind, die Blätter, wann diese Bäume sich so schaukeln, so schaukelt die ganze Gemeinde. Und ich kann meinen Körper nicht in Ruh halten. So arbeiten in mir die Nerven, daß ich mitschaukle mit der Gemeinde. Es gebührt sich nicht als Frau, ich bin mir dessen bewußt, aber ich kann mich nicht in Schach halten. Ich schaukle mich mit. Ich hab immer mitgehalten mit die Brüder.

Der zweite Bruder, der Elias, hat mir die Nase gebrochen beim Spielen. Ich bin ihm hereingesprungen in die Faust, und er hat gehabt so starke Hände, der Elias. Er war der Bastler. Und wir haben gespielt auf der Gasse, ich war fünf, und er hat irgendwie die Faust gehoben, ich bin gesprungen, kracht er mir in die Nase. Blut hat mich begossen. Angeblich hab ich gehabt a griechische Nase, a dünne Nase. Unsere Kinder haben keine Hockers gehabt. Nur ich. Aber meine Mutter hat gesagt: Du hast die schönste Nase gehabt von alle, und ausgerechnet dir hat das müssen passieren! Das Bein ist da gebrochen, sehen Sie? Ich hab den Klopp bekommen. Meine Mutter hat sich sehr gekränkt. Wissen Sie, a Mädchen. Ich war entstellt. Bitte, da haben Sie den Hocker. Nach dem Krieg hätte man machen können die Operation, aber ich hab es nicht mehr wollen. Schauen Sie, ich hab mich verheiratet. Ich hab auf Schönheit nicht gegeben. Nur, meine Mutter hat gedacht: a Mädel, a gebrochene Nase, verstehen Sie, es ist ihr nicht gleichgültig gewesen. Aber ich hab es nicht gemerkt, weil ich doch nicht gewußt habe, wie ich früher ausgeschaut hab.

Und dieser Elias, der Bastler, hat uns ein Schach ausgeschnitzt, ein großes. Ich spiele heute noch Schach. Aber ich darf nicht, ich bin schon zu schwach. Von dem Nachdenken, wissen Sie, bekomme ich Herzklopfen, und man muß ja spekulieren dabei. Das hat uns der Vater gelehrt, Schach. Und mein Bruder hat das ausgeschnitzt. Ich sag Ihnen, der König war groß, fünfzehn Zentimeter bestimmt. Mein Vater hat ihm das vorgezeichnet, und er hat ausgeschnitzt. Mit Tusche bemalt die Schwarzen, die Weißen sind geblieben nach dem Holz. Und dann hat er gebaut den Schachbrett.

Karten hat er auch gemacht, der Elias. Bemalt mit Farben, herrlich. Den Schell und den Pique und das Herz und die Dame. Nur «Vierundvierzig» haben wir gespielt. Das hat uns der Vater nicht gelehrt, das hat er nicht gekannt. Aber der Elias hat es irgendwie ausfindig gemacht.

Er hat auch eine Hobel selbst gebaut, und ich hab ihm assistiert. Und geflochten hat er Ihnen Sachen aus Leder, mit verschiedenen Lederfarben Riemen geflochten, und dann hat er das genäht, diese Schnallen und alles, und ich habe mitgeholfen. Immer nicht, aber wann ich Zeit gehabt hab.

Also, ich war ka Puppenspielerin. Hab genäht für die Puppen von meiner Schwester, und ich hab gemacht Tücher, Kleider, Schürzen, Bettzeug, was Sie wollen, Nadel, Zwirn und Fetzen, weiß ich, zusammengenadelt. Meine Schwester, die war aber sehr mütterlich. An jeder Hand hat sie gehabt a Puppe. Jetzt ist sie zu mir gekommen, machen lassen die Bekleidung. Und hat sie angefangen zu klagen: No, meine Puppe, der Bauch tut ihr weh! Fieber hat sie! Und ich bin gewesen dann der Arzt, und ich hab ihr gegeben das Rezept. Und hab ihr gesagt, was sie soll tun, daß die Puppe soll besser werden. Also, ich hab ihr geraten, Aspirin soll sie ihr geben. Sie soll machen einen warmen Umschlag, und sie soll sie ins Bett hereinlegen.

Die war so ein mütterliches Kind, wissen Sie, aber sie war keine gute Schülerin. Ich hab mich so mit ihr abgeplagt, daß Sie haben keine Ahnung. Direkt wütend bin ich geworden. Aber sie war beim Spielen so verspielt, so betreuend und fürsorglich, und ich bin gewesen der Obergescheiter. Ich hab wollen machen Schönes. Die Wiege hab ich ihr ausgeziert, a Hut hab ich ihr genäht, so a Schild mit Stoff, aus Pappendekkel, a Kaschkett. Und das benäht.

Die ganz Kleine ist noch gewesen ein Baby. Meine Mutter hat sie oft in den Korb hereingesteckt, wann sie hat haben wollen a Ruh. Verstehen Sie, daß das Kind soll sich nicht abbrühen zwischen die Töpfe. Sießel hat sie geheißen, süß wie Zucker. Süße. Das ist der Name von meiner Urgroßmutter von Vaterseite. Und ich hab ihr fortwährend die Maschen gebunden, hab sie so aufparadiert.

Die mütterliche Schwester hat Hindele geheißen. Sie war a Dickerl wie a Faßl. Sie hat geheißen de facto Hendel, in dem Matrikelbuch. Hindele. Das ist dann gewesen, wie wir schon in der fremden Stadt waren, wie wir alle noch in dem Brzezany gewesen sind, ich im Geschäft, da ist sie in der Nacht, gegen Abend, irgendwie von einer Freundin nach Hause gegangen und a Hund ist ihr nachgelaufen, solcher Hund, und sie hat sich sehr erschrocken, ist nach Hause gekommen: A Hund, a Hund, a Hund, hat sie geschrien und ist bettlägrig geworden. Man hat den Arzt geholt. Das Herz war nicht in Ordnung. Nach a paar Tage war das Kind weg. Sie war so butzlig, so a Dickerl, und ist gelaufen, hat sich überfordert.

Meine liebste Madame!

Eine komische Geschichte habe jetzt erlebt. Ich drehe auf das Radio, es sang ein Bariton eine Arie. Wie dieses Gesang gesungen wurde, schwebte mir auf einmal vor meinem Auge die Klagemauer in Jerusalem, und ich sitze in Schwarz gehüllt, das Gesicht verdeckt, und solche Chassidim mit Kaftans verrichten das Gebet und zählen auf die Namen meiner Eltern und meiner Geschwister. Beim Namen Elieser fange ich an laut zu weinen. Ich verlangte, man soll auch meinen Namen nennen. Sie lehnten ab, da ich noch lebe. Ich bestand darauf, daß man auch auf mich den Kaddisch sagen soll. Als wäre ich gestorben. Die Männer wollten nicht.

Es weht ein Südwind, was ich nicht so vertrage. Es regnet, und deshalb hab ich solche große Schmerzen zum Verzweifeln. Man hat niemanden. Ein Schreck packt einen vor einem Spital. Lauter Maschinen, ohne Herz. Auto, Geld, aber keine zugetane Familien. Der sozialer Staat kann nur Roboter zur Verfügung stellen. Ein Jammer, wenn man krank ist. Gott sei Dank, daß ich in meine vier Wände bin und niemand stört mich. Ein Dirigent, siebenundsechzigjährig, ist heute nacht an Herzversagen gestorben. Der guter Freund, der holt sich jeden Tag wen andern, dieser Jedermann.

Was hat schon so ein Schubert von seinem Leben gehabt? Viel komponiert für die Nachwelt. Vielleicht ist das so auch richtig. Nicht vielleicht, sondern bestimmt. Sehen Sie das? Ich widerspreche mich gleich. Ich habe Ihnen gezeichnet den Lindenbaum und hineingeschrieben, was mir so geblieben ist im Gedächtnis. Da steht ein Lindenbaum, ich schrieb in seine Rinde so manches schöne Wort hinein, und nun hör ich die Blätter rauschen: komm zurück, Geselle, hier findest du deine Ruh. Weil er doch die Wanderschaft gegangen ist. Das

Wandern ist des Müllners Lust, das Wandern, das Wandern. Dann begegnet er einem Jäger. Hab schon aufgezeichnet ein Jäger mit a Hund, und er sagt da zum Jäger: Jäger, geh in deinen Wald zurück, die schöne Müllnerin, sie ist mein. Wissen Sie, wann man das begleitet im Klavier, ist es sehr schön. Es ist keine Kunst, es ist eine Naivität. Dann hab ich aufgemischt drei Violinisten und unten acht walzertanzende Paare. Solche jüngere Menschen.

Und dann beschreibe ich Ihnen meine Freundin. Also, Madame, Sie fragen mich über meine Freundin.

Ich hatte Schulkameradinnen. Da ich irgendwie sehr liebevolle Freundinnen nicht hatte, ich weiß nicht, warum. Ich war leicht verletzbar. Selber lachte ich niemanden aus, schnitt keine Grimassen, vertrug keine banale Geschichten, besonders erotische waren für mich Sünde. Das ist die Erziehung. Nicht neugierig gewesen auf Blödsinne, verstehen Sie? Weggegangen! Meine Geschwister haben mir alles ersetzt. Zu ihnen hab ich eine schreckliche Band gehabt, daß ich zu andere sicherlich nicht war oberflächlich, aber ich hab mehr mit meine eigene Geschwister gespielt.

Bis Ausbruch des Kriegs war ich in einer Privatschule für streng orthodoxe jüdische Mädchen.

Dort hatten wir eine Lehrerin, die uns täglich zwei bis drei Stunden unterrichtete. Jüdische Geschichte, Handarbeit, Übersetzung vom Hebräischen in Jargon. Wir lernten auch Esperanto. Manchesmal studierte sie uns irgendwelche Stücke ein mit verteilten Rollen. Gewöhnlich war das eine Bibelgeschichte.

Einmal war eine Vorstellung zu Purim. Der Eintritt für Erwachsene war gegen Bezahlung. Ein schönes Mädchen spielte die Esther, eine andere spielte den Acheschwerosch, das war der persische König. Und da war der Haman, so a Hitler, der hat wollen dort in Persien alle Juden ausrotten. Das war ein Minister von dem Acheschwerosch. Und die Esther hat durch ihre Schönheit dem Acheschwerosch gefallen und wird ihm vorgebracht, daß sie ist eine Jüdin und man will ihr Volk ausrotten, und da hat der Acheschwerosch sich die Esther zur

Frau genommen. Die Muselmane haben dürfen ja haben mehrere Frauen. Das ist aber eine wahre Begebenheit! Er hat sie zur Frau genommen, und diesen Haman hat er aufhängen lassen. Wir fasten am Vortag zu diesem Tag, und dann haben wir ein Lustspiel, weil das ist auch eine Freude. Alle Juden, was auf die Berge dort als Flüchtlinge waren, hat man sollen ausrotten. Der Haman ist so eifersüchtig gewesen auf den Mordechai. Der Mordechai war der Onkel von dieser Esther. Und er war der Finanzminister bei diesem Acheschwerosch. Und dieser Hamann war sein Ratgeber. Und der hat diesen Juden expedieren wollen. Hat er schon gehabt den Galgen aufgestellt für diesen Mordechai. Den Mordechai hat müssen ankleiden in ein Purpurkleid der Haman und ihn über die Straßen führen, verstehen Sie, daß so ein Gelächter aus Haman gemacht wird, und wann nicht diese Esther, hätte man diese Juden ausgerottet dort. Das ist Persien, jetziges Iran.

Wir haben das zu Hause gehabt, diese Geschichte, in einer Rolle, aus der Haut von einem Schaf oder einer Ziege, hebräisch geschrieben, in so einem silbernen Etui, und wir Frauen sind verpflichtet gewesen, das zuzuhören. Oft haben die Frauen ka Zeit gehabt, hat mein Vater das vorgelesen, und die Nachbarinnen sind zu uns gekommen. Und ich und noch ein Mädel bekamen die Rollen von zwei Soldaten und mußten stramm salutieren, dem König eine Meldung übergeben.

Also, das war meine Rolle dort in diesem Spiel. Hat die Lehrerin ausgewählt zwei große, gerade Mädel. Man hat uns verkleidet, und wir waren die Nachrichtenbringer.

Diese Freundin hieß Taube. Sie wohnte visavis unserm Haus.

Ihr Vater war Lederhändler. Als ich größer war, beobachtete ich ihn, wie er schnitt Leder für die Schuh mit einem speziellen, scharfen, gebeugten Messer. Und manchesmal wählte ich mir das Leder für meinen Schuh oder Halbschuh.

Die Taube war ein ruhiges Mädchen. Kein großer Geist, aber ehrlich. Ihre ältere Schwester bekam viele Hiebe von ihrem Vater, der dazu einen Riemen verwendete. Weil sie anfing, mit Burschen zu gehen, und das war eine Schande für die

Eltern. Und die zweite Freundin war eine mit schöne, breite Zöpfe. Ich bin ihr neidisch gewesen. Über dieses Mädchen hab ich ein ganzes Familienalbum angefangen, aber mehr kann ich nicht reden. Falls jemand leben sollte von diese Leute, da wird er sich aufregen. Ich habe so manches geschrieben und gezeichnet.

Ich bin fleißig, hat er seinem Vater geschrieben, der armer Kerl, dieser Mozart. Bin ich schon wieder bei ihm. Ich verfolg ihn! Ob ihm das recht ist? Aber im Guten verfolg ich ihn. Ich verehre ihn. Das kann ihm doch nicht schlecht sein? Es gibt Männer, die sind solche Grobiane, daß sie nicht verdienen sich nicht einmal a Liebe. Aber der Wolfgang ist schon gewesen ein zärtlicher Mann. Wie er hat diese Frau liebgehabt, seine eigene! Auch wann er Seitensprünge gemacht hat.

Mein Mann hat gesagt, alle Männer, ein Mann beutelt sich davon ab, hat er gesagt, erledigt! Das kann der bester Ehemann sein. Aber wissen Sie, mich hat das angewidert, wann er das gesagt hat. Ich hab mich geekelt. Aber die Männer sprechen über sich so. Sind sie so veranlagt? Manche Frauen machen es auch. Aber es ist nicht gut. Für a Frau ist es ärger gefährlich.

Also, Krakau. Ich weiß nicht, wohin. Züge kommen an, gehen weg. Viele Menschen mit Pakete, mit Binkeln, mit Pferde, Landsleute, Händler, Schwarzhändler. Der Wartesaal ist vollgestopft mit Menschen. Viele Leute sitzen am Boden. Manche schlafen sogar am Boden. Auf einmal tritt herein eine Wache. Polizei! Ausweis! Bin ich hinein in den Klosett. Herzklopfen. Schweißbegossen. Sitze dort ziemlich lange und warte. Da klopft es an der Tür, ich höre eine Stimme von einer Frau, polnisch. Sind Sie ins Klosett gefallen? Also, ich muß hinaus. Gebe mir die Kleider in Ordnung. Mit erhobenem Kopp bin ich vom Klosett herausgetreten und zurück zum Wartesaal. Der erhobener Kopp war nur pro forma. Gnädige Frau, ich hab auch nicht haben dürfen an ängstlichen Blick! Die Augen haben mich nicht verraten. Hätte ich mich geduckt, da wäre ich auffallend gewesen. Also, manche Leute waren abgeführt worden. Und hier kann ich nicht bleiben.

Es war ein sehr warmer Tag, ein Frühling. Warme Luft. Ich bin gegangen, gegangen, gestolpert, bis ich irgendwie herauskomme in eine Vorstadt. Bessere Luft, kleine Häuser, Wiesen. Aber die Hitze, und der Durst. Nirgends ein Brunnen. Ausruhen darf ich nicht. Also, die Verzweiflung hat mich aufs neu angefangen zu packen. Hab ich den Blick gehoben. Gott, Allmächtiger, hilf. Und auf einmal, in diesem Himmel, ist vor meine Augen das Gesicht von meinem Großvater entstanden, sein Gesicht in die Wolken. Am Himmel hab ich das so gesehen. Und ich seh mitten auf einer Wiese einen Waggon von einem Zirkus. Ich hab mich wollen dort verstecken. Vielleicht hat ihn jemand stehengelassen? Also, ich geh dem in die Nähe, da sitzt auf einer Pritsche ein Alter mit einer Pfeife und lebhafte Augen. Solche lustige Augen hat er gehabt. Im Wagen ist eine Frau gehockt, mitteältere. Sie hat auf einem Spirituskocher etwas gekocht. Hab ich gesteckt den Kopp hinein zu diese Leute und gebeten um Wasser. Fragt er mich, von wo ich komme. No, jetzt hab ich müssen geschwind eine Ausrede bei der Hand haben. Ja, ich bin davongelaufen vom Zug! Man hat mich wollen mit einem Transport nach Deutschland zu Zwangsarbeit nehmen, und ich bin davongerennt. Die Dokumente sind dort geblieben.

Mama, geschwind, a Glas Wasser, sagt der Alter. So, also, Sie sind davongerennt? Von wo stammen Sie? Ich heiße Jadviga Godovska, sage ich. Das war eine Schulfreundin, gnädige Frau, und die Familienverhältnisse sind mir bekannt gewesen. Mein Vater ist Bauer, hab ich gesagt. Und aus diesem Grunde hab ich angenommen ihren Namen, wissen Sie? Der Alter sagt zu seiner Frau, daß sie soll geben mir zu essen, zieht heraus a Fiedel und fangt an zu spielen seine Tingeltangel. Das sind solche Karussellmelodien, und er fangt an zu erzählen von die Karusselle. Gnädige Frau, den Zirkus haben gedreht Männerkraft. Nicht elektrisch! Das waren gesunde Mannsbilder, die haben gedreht den Karussell. Er war unten gestanden mit a Fiedel und hat kassiert die Billetten. Und neben ihm war noch einer mit a Ziehharmonika, der hat mitgespielt, und die Menschen haben sich gedreht auf dem Karussell.

Seine Tochter hat er aber schulen lassen. Sie war eine Büroangestellte, und man hat sie vom Arbeitsamt aus zu Zwangsarbeit nach Deutschland vorgeschrieben. Da hat sie sich versteckt, ist von der Wohnung weg, und die Polizei ist gekommen. Man hat durchgesucht, die zwei alten Leute herausgeschmissen, die Wohnung zugesiegelt, und die Alten waren auf der Straße. Jetzt haben sie den Zirkuswaggon gehabt, und den haben sie hereinziehen lassen in diese Wiese und haben gehaust.

Wir sind gesessen auf die Pritschen, und am Fußboden ist serviert geworden a warmes Essen. Auf einmal kommt gestiegen a Frau: Ah, Chmotor! Das heißt so wie: zukünftiger Schwiegervater. Und das war die Frau Jankovska. Jadscha hat sie mich dann genannt. Das ist so gekost. Die hat mich mitgenommen in die Vorstadt, und ich hab bei ihr gewohnt in Zimmer-Küche.

Zwei Söhne hat sie gehabt. Bobek hat der einer geheißen, Mieczyslaw der zweiter. Jadscha, du wirst schlafen bei meine Füße. Aber zuerst, Madame, hab ich mich müssen waschen und in Ordnung geben. Hab mich müssen schön machen. Weil es war Karwoche. Ich hab mich gewaschen, gekämmt, logisch. Und bin in die Kirche. Sie hat mir gesagt den Weg. Hat doch geglaubt, ich bin a Bauernmädel! Und die Kirche, vollgestopft mit Menschen. Ein Priester hat geredet. Die Juden, die Juden. Und die Juden und die Juden. Doch kein Wunder, hab ich gedacht, wann man die Juden so viel antut, wann ein Priester alle Sünden auf die Juden hinaufwälzt.

Haben Sie gesehen, gnädige Frau, die Matthäusspiele in Oberammergau?

Schauen Sie sich einmal an! Werden Sie sehen, was man dort treibt. Was die Juden für Teufel sind.

Nachdem der Pfarrer geredet hat, macht man dort die weitere Zeremonie. Aber ich bin doch nicht informiert gewesen. Also, ich bin dem ausgewichen und zurück zu der Frau Jankovska. Nichts gesagt, dort geblieben. Sie hat inzwischen aufgeräumt, alles mögliche. Dann ist der Abend gekommen, man hat irgendwie die Zeremonie gemacht, und man ist gegangen schlafen. Sie hat gehabt a Bett in der Küche, dort hab ich geschlafen bei ihre Füße.

Ja, ich war dunkelblond. Grünlichbraune Augen, offener Blick. Wann ich gehabt hätte meine Nase, wie ich sie gehabt hab, wäre ich gewesen sogar sehr schön. Aber ich muß doch irgendwie annehmbar gewesen sein. Ich war ka Winkelsitzer. Ich hab angenommen die Sitten, und am Ostersonntag sind gekommen Gäste. Was für Besuch hast du? Schau, davongelaufen ist das arme Zeug von dem Transport.

Die Leute waren mir wohlgesinnt. Sie haben mich bemitleidet. Und die Frau Jankovska hat gern getrunken. Bimber. Das heißt Schnaps. Das ist keine Marke, Madame, das ist aus Stroh gemacht. Manche sind erblindet und krepiert und gestorben davon. Das war doch gepantscht, weiß der Teufel, was das war. Aber man hat gesoffen, was man hat gekannt. Bimber. Das haben sie so genannt, daß man nicht soll sagen Wodka, damit die Deutschen nicht wissen. Das haben die nur unter sich gewußt, was man damit meint. Das war schwarz verkauft, das war strafbar. Aber man hat es gemacht. Menschen haben das Augenlicht verloren. Also gut, wer trinken will, schaut nicht drauf. Die Frau Jankovska hat auch Grund gehabt zu trinken. Ich hab sie nicht verurteilt darüber.

Sie hat auch noch anderes gemacht, Madame, und ich hab sie trotzdem nicht verurteilt. Ihr Mann war zeitlich gestorben, sehen Sie, sie hat müssen gehen Steine klopfen bei die Männer auf der Straße, für die Chaussee, in Friedenszeit, etwas zu verdienen. Hat doch müssen ernähren ihre Buben. Und auf diese Art hat sie das Trinken erlernt.

Sie war schon Großmutter. Hat Florstrumpf getragen und ist ohne Kopftuch nicht gegangen. Also, nach den Feiertagen nimmt sie mich mit zu den Herrschaften, wo man verkauft Bimber. Ich wurde eingeweiht dort. Solches Vertrauen hat sie gehabt. Und wann sie Bimber getrunken hat, hat sie geweint, und ich war eine gute Zuhörerin. Aber sie war so arm, daß ich gesagt hab, ich möchte doch weggehen und verdienen. Hat sie mir verschafft einen Posten durch ihre Schwester, das war eine Friseurin in der Stadt, a ältliches Mädel, klein, zierlich, aber mit einem schrecklichen Hocker. Die hat versprochen, sie wird sich interessieren. Also, die kommt gestiegen, wieder an einem Sonntag, und sie gibt mir eine Adresse. Kazimierska Ulica. Und wir rücken aus, beide zu Fuß, von der Vorstadt. Die Jankovska und ich, wir haben ka Tramway verwendet, und schwarz hab ich nicht wollen fahren.

Unterwegs hab ich angefangen mich mit der Jankovska zu beraten. Weil ich hab doch keine Dokumente gehabt. Hab ich sie gebeten zu sagen, daß ich bin ihre Nichte. Man hat mich akzeptiert, ich bin gleich dortgeblieben. Und mit meinem ersten Gehalt hab ich besucht die Frau Jankovska, habe sie gefragt, wieviel sie will, einen Liter Bimber oder zwei. Hat sie mich abgebusselt, stellen Sie sich vor. Dann bin ich gegangen,

Bimber gebracht, heraufgestellt die Flasche auf den Tisch. Gleich waren die Gläser dabei. Inzwischen ist gekommen ein ausgedienter Pole mit einer Ziehharmonika, und man fangt an zu trinken. Auch für mich ein Glas. Aber ich hab das nicht vertragen. Und noch wer gekommen, und noch wer, eine Gesellschaft hat sich gebildet, und wann dieses Bimber hat angefangen zu wirken, man hat angefangen zu singen verbotene, patriotische Lieder. Der Mann hat begleitet auf der Ziehharmonika. Ich habe aber mitgesungen. *Noch ist Polen nicht verloren, solange wir leben.* Das, was der Papst gesungen hat mit die Studenten in Polen. Dann hat es langsam angefangen dunkel zu werden. Bussi, Bussi auf die Wangen, und ich hab mich auf den Weg gemacht zurück.

Madame, wir Juden haben ein Gebet, das geht so: Allmächtiger, verleihe mir Gunst in Deine Augen, auch in die Augen der Mitmenschen. Und das hab ich mir gedacht, wie ich gesehen hab, daß sie mich in den Kreis hineingenommen haben.

Auf dem Weg zurück, es war Vorabend, Sommer, schwül. Der Trottoir voll mit Menschen. Vielleicht Frühling, aber sehr warm. Die Menschen sonntagsmäßig gekleidet. Verliebte, Mütter mit Kinder, Kinderwagen, Männer, Frauen, alles eilt. Man darf bald nicht mehr auf der Straße sein. Ich bin auch geeilt. Ich mußte aber passieren eine Strecke, wo ein Konzentrationslager gewesen ist, so ein Platz, verhaut mit Draht. Wann man den hat angefaßt, ist man in den Strom hineingekommen. Im Lager hat man gesehen kleine Baracken, aufeinandergeworfen. Wachtürme. Da sind gestanden deutsche Soldaten mit Maschinengewehr. Auf einem Drahtverhau ist verhängt gewesen ein Kleidungsstück, ein männliches, verwickelt. Eine Hose. Die Passanten haben geschaut. Auf diese Hose auch. Von der Entfernung ist entgegengekommen eine Kolonne, solche abgemagerte Leute, Männer, Frauen, die waren eskortiert von beide Seiten von Soldaten mit Gewehren. Das hab ich aber nur von der Ferne gesehen. Und ein gewisser Scham hat mich getroffen, daß ich bin frei.

Wo ich gearbeitet hab, in dieser Kazimierska Ulica, dort war ich a halbes Jahr sogar. Kasimirstraße. Das war a gewesenes jüdisches Viertel. Die Juden hat man weg, die Christen sind eingezogen. Auf manche Geschäfte ist zu sehen gewesen trotz dem Überstreichen noch der frühere jüdische Name. Diese Leute waren korrekt zu mir. Er hätte sollen werden Pfarrer. Er hat schon sogar getragen diese Kittel, wie heißt das? Er war ein mitteljähriger Pole, in der Wohnung hat gehängt der Jesus, der Kruzifix, ziemlich groß. Und jeden Abend ist dieser Mann, er war sehr schlank, schmächtig, aber intelligente Augen, der ist jeden Abend lange gekniet vor dem Bett mit gefaltete Hände, hat gebetet. Und wann er guter Laune war, hat er gesungen Ave Maria von Schubert, und dabei sehr schön. Mit Tenorstimme.

Nur, einmal, in Gesellschaftskreis bei sich zu Hause, hat er sich so geäußert: Mein Herr, Sie wissen doch, ich bin Pole. Und ein großer Patriot. Aber eines sage ich Ihnen: Es macht nichts, wann wir Polen den Krieg gegen die Deutschen verloren haben. Die Hauptsache ist, daß man die Juden ausgerottet hat. Ich schau ihn an und denk mir: Du armer Narr, wann du wissen möchtest, wer in deinem Haus lebt, wer mit deine Kinder in die Kirche geht, wer sie wascht und frisiert, wer ihnen Märchen vorliest und sie ins Bett legt! Ich hab verloren meine Meinung von ihm. Aber er war intelligent, ja? Er hat doch sollen Priester werden.

Knapp vor die Weihung hat er sich verliebt in diese Frau, die war Tochter von einem polnischen Oberst, und er tritt ins Zivilleben und hat gehabt mit ihr drei Kinder. Seine Frau ist aber leichtsinnig gewesen. Sie war schön, nur glatt wie ein Brett. Hat sich getan Watte in den Büstenhalter und alles mögliche. Die Frau hat überhaupt keinen Busen gehabt und trotzdem drei Kinder geboren.

Ja, gut, hab ich gedacht, wann du als studierter Mensch so blöd bist, ist kein Wunder, wann deine Frau dich betrügt. Er hätte doch sehen müssen die Front! Die flüchtende Soldaten! Die polnische Armee! Wie die Männer abgehetzt und verzweifelt waren. Ihre Augen haben gebrennt. Wer weiß, wie viele Nächte sie nicht geschlafen haben!

Bei uns im Geschäft, er hat gehabt so Lederwaren, Handtaschenerzeugung. Das war aber ka Leder damals zu haben. Hat wie Leder ausgeschaut. So a Pappendeckel. Also, da haben sich fünf oder sechs Männer niedergeworfen am Boden, haben Rucksack hintern Kopf gegeben und sind wie halbtot eingeschlafen. In der Früh, bis ich aufgestanden bin, waren keine Männer mehr da! Sind weitergelaufen! Gejagt!

Er hätte müssen sehen die Festung in Tomaschov und Samosch, wo die Polen haben gehalten die Festung von die Russen, haben mit die Tanks überrollt die Festung und alle Soldaten zermalmt. Du Druckerberger, hab ich mir gedacht, leicht ist dir zu reden, wann du unter deiner Frau Schürze dich versteckt hast! Zu was warst du in Kloster? Ich bin aber ruhig gewesen. Dort hat man nicht können sagen. Und hab auch nicht gekannt bleiben bei dem Pfarrer, weil, eines Tages sagt er, daß man sucht Juden, und ich soll schreiben nach Hause in mein Dorf, daß mein Vater mir schickt Dokumente. Ich war ja die Jadscha Godovska.

Also, ich hab geschrieben einen schönen Brief, hab ihm gezeigt, er hat mir gegeben Postmarke, und ich bin gegangen auf die Straße, hab den Brief zerrissen und teilweise geworfen in Papierkorb, teilweise am Boden, dann bin ich zurückgegangen. Das war pro forma gewesen, und wir haben gewartet auf Antwort.

Falsches Papier hab ich mir erst verschafft dadurch, daß ich auf der Straße angesprochen hab a Mädel. Hab ihr irgendwie angedeutet, in was für Situation ich bin, und die ist fast gefallen in Ohnmacht. Weil ich hab gewußt, das ist a Jüdin. Sie hat sich so erschrocken. Sie ist weiß geworden wie eine Wand. Sie hat so ein jüdisches Äußere gehabt. Ich hab es gesehn. Ob ein anderer das gesehen hat? Es waren doch damals zu dieser Zeit auch jüdische Spitzel! Und sie hat sich erschrocken, daß ich auch ein Spitzel bin. Hab ich gesagt zu ihr: Hab ka Angst, ich bin ka Spitzel, ich bin auf Zores. Hat sie sich eingelassen in Gespräch. Klara hat sie geheißen, nach ihre falschen Papiere. Wie sie wirklich geheißen hat, weiß ich nicht einmal. Und die hat von mir verlangt hundertzwanzig Zloty oder hundertachtzig, daß ich das zusammenspare, und sie hat mir Verbindung verschafft zu einem gewissen Grzebyk von irgendwo außerhalb Krakau, das hat geheißen Przevorsk. Das war dann der Untergrund. So a Art Ring, wie man das sagt, und ich bin manchmal am Sonntag dorthin gegangen zu dem Grzebyk und hab dort Geld abgelegt. Weil, er hat mir verschafft das Dokument auf Anna Roman. So hab ich geheißen. Und man hat mir erklärt, daß sie brauchen Geld für Zahlung, für Kranke, für Versteck, auf Medikamente, für falsche Papiere. Ich hab doch verdient 50 Zloty monatlich. Und die Klara hat mir gesagt, es ist meine Verpflichtung, das Geld abzugeben. Also, ich hab ja gewußt, unser Leben hängt auf einem Haar. Und die Klara hat mich dann eingeführt bei a paar Frauen, die auch gearbeitet haben unter falsche Namen.

Vom Pfarrer bin ich durch a Trick weg. Hab gesagt, ich fahre nach Hause, die Dokumente mir holen, dabei hab ich schon gehabt in der Tasche a Dokument auf Anna Roman.

Hab gesucht a Posten. Und bin durch Annonce gekommen zu einem Deutschen, für Haushalt. Das war ein Braunhemdler, und seine Frau war auch eine Deutsche, aber mit Dialekt. Die Polen waren die Hunde, aber man hat sie gebraucht für den Haushalt. Und bei diesem Offizier, diesem Braunhemdler, hab ich gearbeitet.

Er war nicht mehr kriegstauglich, es hat ihm ein Arm gefehlt, und er hat gehabt ein Revier für jüdische Geschäfte, Kristalle und Porzellan. Dieser Mann ist mit mir zur Gendarmerie gegangen in Krakau, stellen Sie sich vor, hinein und: Heil Hitler! Alle aufgesprungen.

Er hat getragen eine Montur mit einem braunen Hemd, schwarze Krawatte, Hakenkreuz, Offiziersstiefel. Mit mir, der Polin, ist er dorthin gegangen. Bei ihm waren die Polen die Hunde. Was die Juden gewesen sind, das möchte ich schweigen. Also, alle aufgesprungen. Heil Hitler! Und er legt vor meinen Taufschein auf Anna Roman. Und Meldezettel. Den hat er auch gemacht. Der Gendarm hat genommen meine zwei Daumenfinger, hat getaucht sie in Tusche, hat gemacht Abdrücke und händigt mir aus eine Kennkarte mit Lichtbild. Das war ein arischer Ausweis! Dieses Dokument war gültig für das ganze deutsche Regime! Heil Hitler! Heil Hitler! Und dann sagt der Gendarm zum Braunhemdler: Jetzt müssen Sie noch gehen mit dem Mädchen ins Arbeitsamt, damit sie bekommt eine Arbeitskarte. Der Braunhemdler, stramm. Heil Hitler! Danke schön! Die anderen: Heil Hitler!

Im Arbeitsamt sind gesessen Zivilbeamte. Aufs neu der Braunhemdler: Heil Hitler! Die springen auf: Heil! Ein rasches Getue. Ein, wie sagt man, Zuvorkommen, ja? Er legt vor diesen Ausweis, sie packen den Schein, laufen dort in einen zweiten Zimmer hinein, fertigen aus eine Arbeitskarte, kommen zurück in zehn Minuten. Er, der Michel, stolz, alles so schnell erledigt. Heil Hitler! Und Chavale und Pavale gehen nach Hause. Das ist wie Max und Moritz, jiddisch.

Wann er gewußt hätte, daß ich bin a Jüdin, hätte er mich ausgeliefert. Das ist doch der Witz! Wissen Sie, in der polnischen Sprache in der Schule hab ich einen Einser gehabt. Manche Juden haben gehabt so a miserable Aussprache, sie haben gekannt sein Akademiker sogar, und man hat am ersten Krach erkannt, daß sie sind Juden. Kaum hat so a Jude den Mund aufgemacht, hat man gewußt. Und hat dabei sein können Advokat, Arzt, Ingenieur, weiß ich. Aber manche haben nicht gehabt so eine Art. Wer nicht die Sprache beherrscht hat, ist hereingefallen in die Falle.

Dieser Braunhemdler hat die Villa übernommen gehabt von einer Polin, die ist gesessen in der Hausmeisterwohnung. Zufällig hab ich sie kennengelernt. Ich bin geschickt worden in den Waschraum, in den Keller, um weiße Wäsche auszukochen. Und bei der Hausbesorgerin hab ich verlangt den Schlüssel. Da ist gesessen eine korpulente Dame, angefärbt wie ein Papagei, aber ihre Züge haben schon bezeugt, daß sie einmal schön gewesen war.

Zwischen Fauteuils, kleine Tische, Sessel, Blumentöpfe, Geschirr und alle möglichen Fetzen, und bei dieser Dame hat sich herumgedreht eine magere Arbeitersfrau, die hat sie bedient. Ach so, Sie sind das neue Mädchen von oben! Nun, wie gefällt es Ihnen dort? Mir gefällt es nicht, hab ich gesagt, weil die Frau hat mich geohrfeigt.

Man hat mir nicht überall gut behandelt, wissen Sie, Madame. Er war zumindest a gebildeter Mensch, dieser Braunhemdler, dieser untauglicher. Aber sie hat zu ihm gepaßt, ich sag Ihnen, gar nicht! Ich hab sie oft nicht einmal verstanden, was sie geredet hat. Sie hat Dialekt gesprochen, ich weiß nicht, von welcher Gegend. Sie hat nicht Hochdeutsch gesprochen. Er hat Hochdeutsch gesprochen, und sehr hat er geachtet auf den Badezimmer. Sauber hat müssen alles sein. Und sie hat gehabt a Gewohnheit mit ihre Haar, daß fortwährend sind in diese Muschel ihre Haare gewesen. Und er hat sich gekannt zerplatzen!

Aber ich hab gekriegt von ihr die Ohrfeige, weil sie hat etwas erklärt mir wegen Nieren. Nieren hat sie in einem Jena-Glas gebraten und hat mir das erklärt, und ich hab es nicht verstanden, weil sie hat gesprochen Dialekt, und die Nieren sind verbrennt. Vor Wut hat sie mir eine Ohrfeige gegeben.

Jetzt, ich hab mir gedacht, du Schwein, du elendiges, mich hat mein Vater und meine Mutter nicht geschlagen, und du willst mich schlagen? Na, na, so weit sind wir noch nicht! Und ich bin von dort herausgekommen auf a feine Art.

Ich hab dort poliert den Parkett, und irgendwie am Holz ich hab mir infiziert das Knie. Im Spital hat man mir das aufgeschnitten, haben es bandagiert, und ich hab gehinkt. Hab nicht gehen können. Und mein Schlafgelegenheit war das Speisezimmer. Oft haben sie ein Besuch empfangen, und ich hab nicht gehen können. Hat sie zu mir gesagt: Na, haben Sie niemand, wo Sie könnten etwas verbringen die Zeit a bissel, solang Sie so nicht arbeiten können? Hab ich gesagt: Ja, ich hab wo zu gehen, aber bitte geben Sie mir zurück meine Dokumente. Alle Dokumente waren ja bei ihr. Schauen Sie, hab ich gesagt, Sie geben mir zurück meine Papiere, bezahlen Sie mir, was Sie glauben, und entlassen Sie mich. Ich hab da eine Tante, und wann ich soll gesund werden, ich werde zurückkommen. Und bin gegangen zu der Frau Jankovska wieder, die hat mich betreut, daß in acht Tage ist das Knie gut geworden. Der Jankovska hab ich herausgelegt meinen Gehalt, aber ich hab verstecken müssen die Papiere, weil bei ihr war ich ja die Jadscha.

Damit ich Ihnen aber noch erzähle von dieser Dame in der Kellerwohnung, zwischen ihre Klamotten, die gewesene Inhaberin von der Villa, also, sagt sie mir, daß sie ist eine Frau Oberst. Ihr Mann war in die deutsche Gefangenschaft geraten, neununddreißig, und er hat ihr geschickt eine Karte, daß er braucht Wäsche und Bäckerei. Sie hat ihm geschickt, aber nicht von ihm gehört. Und hat herausgezogen eine Zeitung, wo eine ganze Liste von ermordete Offiziere war in Katyner Wald, von die Bolschwiken ermordet. Hat geweint, diese Frau, und ich hab müssen verschweigen, daß man meine Familie hat umgebracht.

Wie das sich verheilt hat, das Knie, hab ich mir gesucht an anderen Posten, und ich bin gegangen in Krakau, Zentrum, so wie hier Kärntnerstraße, und hab gewartet auf die Tramway, so gestanden dort, bei dieser Haltestelle, und es kommt sich gestiegen eine Frau so mit Monokel. Nicht alt, vielleicht zweiundvierzig Jahre, aber so ganz elegant. So eine gnädige Frau. Ich spreche sie an. Wissen Sie nicht zufällig a Stelle? O ja, o ja, sagt sie, wir brauchen gerade jemanden! Da, hier haben Sie die Telefonnummer! Und gibt mir, und ich ruf an, und die bestellen mich. Mich hat empfangen aber ganz jemand anderer. Diese Monokelfrau, die hat dort nur ein Zimmer bewohnt. Und das Ehepaar, wo ich dann gewesen bin, dort hat man mich sehr gut behandelt.

Sie ist gewesen aus Bayern. Sie hat nicht gewußt, ich bin eine Jüdin. Ich hab aber das Gefühl gehabt, daß diese Leute, ihr Mann war ein Preuße, mich auch gehalten hätten, wann ich zehnmal a Jüdin gewesen wäre. Wann auch die Nürnberger Gesetze so waren, daß der Deutsche bestraft wird, wann er einen Juden hält. Er war ein Diplomingenieur, aus Berlin, und er hat sehr schön gespielt Violine. Aber er war in Uniform. Und die Frau von dem Berliner, die aus Bayern, hat mir gesagt, ich soll mich nicht einlassen mit der Dame, die mit dem Monokel. Ich soll ihr saubermachen das Zimmer, aber aus dem Weg gehn. Das war eine Hakenkreuzlerin, nämlich. Und sie haben gehabt einen Hund, einen Schäferhund. Eine Asta. Mit der Asta bin ich spazierengegangen. Und wann der Berliner hat gespielt auf der Violine, die Asta ist gekrochen untern Tisch, hat angefangen zu heulen.

Die Asta hat so schnell gefressen, daß es a Schreck war, zuzusehen. Wirklich! Ich hab gefragt, warum. Haben sie mir erklärt, die Asta ist erzogen geworden als Baby zusammen mit einer Dogge, und die Dogge hat ihr alles weggefressen, und die Asta ist ohne Essen geblieben. Auf diese Art hat das Baby angefangen hastig zu fressen und frißt bis jetzt so schnell, weil sie glaubt fortwährend, die Dogge wird ihr das Essen wegfressen.

Also, ich hab sie gebürstet, und sie hat sich mit mir befreundet. Hat mir gefolgt auf Pfiff. Und wissen Sie, was für herrlichen Christbaum mir diese zwei Leute gemacht haben? Mir! Gut, sie haben ja nicht gewußt. Ich hab nicht dürfen hereingehen in Zimmer, weil sie haben geschmückt den Baum. Und ich hab nicht einmal gewußt, was man bei einem Christbaum macht.

Jetzt bin ich gestanden wie blöd. Ich hab mitgekriegt das Lied Stille Nacht, Heilige Nacht. Nicht aber verstanden, was sie singen. Gut, es ist auf den nicht angekommen. Und was für Geschenke mir die zwei gemacht haben! Die haben noch größere Freude gehabt als ich, die zwei Leute. Mir sind aber auch die Tränen fast geronnen. Der Baum hat bis zum Plafond gereicht. Eine Tanne war das, herrlich geschmückt. Und sie haben irgendwie a Champagnerflasche aufgemacht, mir auch eingeschenkt. Und zum Namenstag, ich war ja die Anna, kommt dieser Diplomingenieur herein: Anni, heute haben Sie Namenstag, hier haben Sie Geschenk! Dort war kein Zimmer für Bedienstete. Ich hab geschlafen in der Küche. Und wann dieser Herr, dieser Ingenieur, hat sollen hereinkommen in die Küche, und wann ich noch geschlafen hab, ist er auf Zehenspitzen gegangen, leise die Türe aufgemacht, hat sich etwas geholt und leise die Türe zugemacht. Wo andere gesagt haben: polnische Hunde. Ich spreche jetzt nicht von der Seite des Juden, Sie verstehen mich? Dort hab ich als Polin fungiert.

Sie hat ein bissel getrunken gern, die aus Bayern. Oft ein bissel ein Stückl Rausch gehabt. Nicht viel, aber – no! War sie gut aufgelegt. Anni, sagt sie, wann die Russen werden kommen, du wirst dich doch nicht vergewaltigen lassen. Die Polinnen sind so blöd, sagt sie, solche Ziegen, hat sie gesagt. Sie hat so viele Mädel gehabt, und mit keiner hat sie reden können. Mit dir kann ich wenigstens reden, hat sie zu mir gesagt, und nach Bayern wirst du mitkommen, sagt sie, und du wirst dort mit uns sein.

Aber es ist nicht dazu gekommen, weil, wir sind alle verraten worden. Es hat sich sogar ereignet ein Attentat.

Ich bin gewöhnlich gegangen einkaufen, in ein kleines Gemüsegeschäft bei einem Park in Krakau, die Treppen herunternach, und die Gemüsefrau war höflich. Man hat erwischt bei ihr manchmal auch ein paar frische Eier vom Land, auch Topfen. Auf einmal hören wir a Krach. Schüsse werden abgefeuert, und haben wir gehört so ein Gelaufe von deutsche Soldaten mit Pistole in der Hand, Richtung Park. Wir sind gesessen zusammengekauert, die Gemüsehändlerin hat abgesperrt das Geschäft.

Nach einiger Zeit ist es ruhig geworden. Wir kriechen heraus, kommen auf die Straße. Heißt es: eine Razzia. Die Deutschen fangen polnische Männer zusammen. Ein Partisan hat im Park eine hohe Persönlichkeit niedergestreckt, von dem Gubernament. Einen Nazi. Der Partisan ist entkommen, aber den nächsten Tag haben die Deutschen zwanzig polnische Männer herausgeführt auf Podgusche, das ist a Art Vorstadt von Krakau, und abgeknallt. Zettel haben sie an die Telefonstangen geklebt mit die Namen von die erschossene Männer und mit dem Hinweis, daß für jeden Deutschen kommen zwanzig Polen als Revanche.

Also, wie ich einmal die Jankovska besucht habe wieder,

seh ich Kerzen brennen, Blumenkränze dort, auf der Strecke Podgusche, Blumensträuße und kniende Menschen. Lichter. Die sind nicht ausgegangen, weil man hat fortwährend aufs neue Leute exekutiert.

Auf diese Art ist das nicht abgerissen, und da haben fortwährend gebrennt die Kerzen. Und erschossen hat man ganz andere. Der Partisan ist ja davongelaufen. Haben die Leute Blumen gebracht.

Die Klara also hat gewohnt auf der Mariankagasse, Marianka Ulica, dort steht ganz zum Schluß eine kleine gotische Kirche, die Marienkirche, wo der jetzige Papst zufälligerweise zelebriert hat, dieser Wojtila, aber erst nach dem Krieg, selbstverständlich. Erzbischof ist er dort gewesen, in dieser Gasse. Und dort hat sich etwas zugetragen, daß die Leute sagen möchten, es ist nicht wahr. Aber es ist gestanden in der Zeitung sogar, und man hat auch bestraft dafür, man hat geschickt die Deutschen an die Front, und die Polen hat man erschossen. Weil, man hat zusammengenommen Frauen und Mädchen. Arrestiert in einem Keller, erschossen oder einen Klopp am Kopp gegeben, und man hat zerstückelt, man hat tranchiert, man hat faschiert, gutaussehende Frauen, christliche! Christliche Mädchen! Jüdische waren das nicht. Damals ist ja schon gewesen Ghetto und Konzentrationslager. Damals war kein Jud auf der Straße zu sehen. Also, angeblich hat die deutsche Kommandantur auf die Front geschickt diese Bestien.

Nur, Madame, die Russen haben auch ihres gekannt! Die haben doch beim Aufstand später in Warschau die halbe Bevölkerung ausrotten lassen. Jedenfalls, was ich Ihnen gesagt habe von der Menschenfresserei, das ist keine Lüge.

Ich war damals angestellt bei diese deutsche Familie, und die Frau kommt nach Hause. Jö! Anni, sagt sie zu mir, Anni! Ich erbreche mich! No, was ist? Ach, ich zerbrech mich! Ich hab auch gegessen in diese Restauration, wo man hat angekauft das Fleisch, das Menschenfleisch!

Gnädige Frau, Leute, die im Lager gewesen sind, haben manche herausgeschnitten vom Hinterteil a Stück und haben es aufgefressen. Und in Stalingrad, das ist auch keine verschwiegene Sache, haben die Russen auch gegessen Menschenfleisch. Weil sie waren vollbackig, wie sagt man? Ernährt. Und die andern waren fast krepiert. Da hat man auf ihnen gesagt, daß sie sind Menschenfresser. Sie sehen, was so a Krieg zustande bringt.

Madame, die Deutschen haben sich ja selbst geschämt. Es ist gestanden in die Zeitungen. Die Deutschen waren doch in dem Krakau dabei! Die Polacken haben ja nicht umbringen können die Menschen. Weil sie haben nicht dazu das Recht gehabt. Aber die Deutschen haben die Deutschen auch bestraft. Das war ja den Deutschen nicht recht.

In diese Restauration ist nachher gekommen eine Revision, weil diese Restauration sich hat beliefern lassen von Lieferanten. Ob ich es gefressen hab, weiß ich nicht. Aber sie, die Frau, sie ist doch zu Mittag nicht nach Hause gekommen vom Büro. Sie hat im Gasthaus gegessen.

Ich schlepp das in mir. In mir steckt doch Schreckliches. Gnädige Frau, man hat mir gesagt, ich soll das nicht mitnehmen in mein Grab. Ich soll das auf Papier tun. Aber wann man das gäbe in ein Theaterstück, man wird ausgelacht, verpönt, verklatscht. Und es ist doch keine Lüge. Deshalb hat doch der Moses gebracht die Gebote, daß das Volk soll wissen: du sollst nicht töten. Und mein Mann hat gesagt, der Jesus hat auch gehabt sein Gutes, weil durch ihn die zehn Gebote sind verbreitet worden über die ganze Welt.

Stellen Sie sich vor eine blöde Gans. A jüdische blöde Gans. Ich persönlich hab das Mädel nicht gekennt, aber die Klara hat mir das erzählt. A jüdisches Mädel hat bedient einen deutschen Offizier und hat sich mit ihm eingelassen. Und er hat sich mit ihr angeblich vertragen. Die war ganz verliebt in ihn, auch noch dazu. Und eines Tages ruft er herauf zwei oder drei Kameraden, dieser Deutscher, und sie machen sich auf irgendwelchen Wein und trinken.

Sie hat es ihm in ihrer Blödheit verraten, daß sie Jüdin ist. Er hat sie als Polin gehalten. In dem Moment, wo wie sie sich verraten hat, hat er sie mit anderen Augen angeschaut. Und wie er sich betrunken hat mit diese Kameraden, hat er sie hereingelegt ins Badezimmer, hat herausgenommen die Pistole und hat sie abgeschossen. Dann hat er die Kameraden hereingerufen und hat gesagt: Da hast, das jüdische Schwein. War das nicht a blöde Gans? Was geht sich a Mädel einlassen in solche Geschichten? Sagen Sie mir, hat sie es nötig? Er hat sie loswerden wollen!

Er hat nicht dürfen mit ihr haben eine Sache, verstehen Sie, und er hat wollen haben Zeugen. Er hat wollen avancieren, schließlich. Ich hab so eine Vorstellung. Die Klara hat mir nur erzählt, daß sie war sehr schön und sehr blöd.

Dann waren noch zwei Geschwister dort, die haben Parade gemacht, geschminkt, geputzt und onduliert die Haare. Es war Aufstand im Warschauer Ghetto. Die Klara, die war der Wortführer und die Verläßliche. Sie hat erzählt, daß die Gendarmerie ist aus Krakau nach Warschau gegangen, um gegen die Juden eingesetzt zu werden, und diese zwei, die haben sich geputzt und Nägel lackiert!

Ich hab nach dem Krieg geschrieben zu diesem Grzebyk, ob sich jemand gemeldet hat. Hat er mir zurückgeschrieben: Nicht einer hat sich gemeldet. Ein paar hab ich gekennt, aber wir waren so eine Art Ring, wie man das sagt, die man mir nicht einmal vorgestellt hat. Vielleicht waren wir zwanzig oder dreißig in diesem Untergrund. Ich hab nur fünf, sechs gekennt, ja? So unter falsche Dokumente.

Und da war zwischen die eine gewisse Karolina, die hat Angst gehabt, auf die Straße zu gehen, auch mit Dokumente. Weil, sie hat sehr jüdisch ausgesehen. Für eine alleinstehende Deutsche hat sie gearbeitet, hat gekocht, geputzt, saubergehalten, alles blitzblank, und die Deutsche war so zufrieden mit ihr, daß sie jeden Tag selbst den Einkauf auf den zweiten, dritten Stock geschleppt hat. Wann sie gelacht hat, diese Karolina, hat sie gehabt zwei Grübchen in die Wangen. Aber sie hat sich immer versteckt in der Wohnung. Und eines Tages läutet es bei der Tür, und durch den Guckloch sieht sie a Bäuerin mit Eier vom Dorf. Die ist so in die Häuser gegangen verkaufen. Die Karolina macht ihr auf, will auch Eier kaufen, auf einmal sagt die Bäuerin: Du struppige Jüdin! Sie hat sie gekennt, weil sie war von dem Dorf, von wo die Karolina gestammt hat.

Die Frau ist die Stiegen hinunter mit der Bemerkung, daß sie bringt die Polizei. Die Karolina ist ihr nachgerennt, hat ihr angeboten Geld, weil sie auch Geld gehabt hat. Die Deutsche hat ihr gut gezahlt. Hat sie ihr Geld angeboten, alles mögliche, daß sie soll ja nicht sie anzeigen. Aber die Frau hat nicht akzeptiert. Während der Zeit aber, was die Bäuerin gegangen ist anzeigen, hat die Karolina noch gehabt so viel Geistesgegenwart, daß sie angerufen hat die Klara. Hat gesagt: Gottes willen, die und die Bäuerin ist gekommen, hat mich erkennt, und sie hat mir gedroht, sie geht mich anzeigen, wahrscheinlich wird sie heraufbringen die Polizei. Schau, daß du weiterkommst, weil wir sind alle verraten! Das hat sie noch gemacht, die Karolina. Und die Bäuerin hat tatsächlich die Polizei gebracht. Die Karolina hat man weggeschleppt, hat soviel Klöpp bekommen, Schläg, Klöpp, soviel Schläg bekommen, daß sie verraten hat dann die andere Bande.

Jetzt ruft mich an die Soscha. Es war vielleicht zwölf Uhr mittag. Im Villa-Viertel war sie. So a Art Hietzing von Krakau, dort hat diese Soscha als Köchin gearbeitet. Joj, sagt sie, Anna, pack zusammen, laß alles stehn, lauf davon, wir sind alle verraten, die Karolina hat man erwischt.

So? Also gut! Ich hab abgedreht den Gas, ich hab mir genommen die Tasche. Abgedreht alles, weil ich doch im Kochen gewesen bin. Manchmal, wann ich etwas zubereiten hab sollen, hab ich die Soscha angerufen telefonisch, weil ich doch nicht kochen hab können, und sie hat mir gesagt, wie man es macht. Die Soscha hat gekocht lauter Delikatessen. Die Deutschen haben sie gehalten für eine Polin, der Mann hat oft Gäste eingeladen, die Soscha hat für alle zubereitet. Sie hat auch sehr jüdisch ausgesehen, nicht besonders schön, aber gesetzt, war gutherzig, schlecht Polnisch gesprochen, aber die haben ihr das geglaubt. Haben ihr geschenkt Pelze, Kleider, und von den Gästen hat sie bekommen Trinkgelder. Der Mann von der Deutschen war Jäger, aber sie ruhig, keine Kinder, ist niemals auf die Straße gegangen, immer nur in ihrem Salon gesessen.

Also, herumtelefoniert, wo gehst du hin? Und du? Klara geht nirgends hin. Sie bleibt und laßt sich holen. Ich: warum denn? Warum rennt sie nicht davon? Sie will nicht, sagt die Soscha, sie hat schon genug, sie will nicht, sie bleibt. Und du? Soscha: Ich bleibe auch. Warum denn? Ich bleibe, ich habe genug, ich laufe nicht, sollen sie mich nehmen. Ich, ganz verzweifelt.

Also, abgedreht den Gas, hab genommen die Tasche. In der Tasche hab ich gehabt noch die Fotografien von meine Geschwister, etwas Geld. Gar nichts sonst mitgenommen. So, wie ich dort gestanden bin. Die Asta hab ich allein liegen gelassen, hab abgesperrt die Wohnung, und durch den Briefschlitz hab ich hineingeworfen die Schlüssel. Bin weggegangen. Hab aber die Schlüssel zurückgelassen. Brief nicht, weil es waren doch Deutsche. Die haben doch nicht dürfen wissen. Und war auch niemand zu Hause. Sie war ja angestellt, und er war Ingenieur. Ich hab nichts von ihnen genommen. Nicht einmal unter den Nagel. Alles offen gestanden. Ich hätt sie gekannt berauben! Mit meinen paar Zwetschken, so wie ich gestanden bin, und meinen Mantel hab ich mir genommen, Stiefel angezogen und a Tüchl auf den Kopp gegeben. Heraus!

Also, jetzt auf dem Weg, wohin soll ich gehen? Wieder allein? War ich schon froh gewesen, daß ich gehabt hab Anschluß! Nein, ich gehe zu die Soscha und werde sie überreden, daß sie soll mit mir gehen. Die Soscha und ich, wir werden beide fahren nach Warschau.

Die Tramways sind überfüllt, und ich warte auf den zweiten, auf den dritten, zwänge mich hinein, nur auf die Stiegen bin ich gestanden, ich hab gekannt herunterfallen, mich derschlagen.

Anstatt ich soll gehen meinen Weg, wäre ich gegangen mit

dieser Soscha. Geh zu ihr. Soscha treff ich an, beuteln ihr die Zähne vor Angst. Gottes willen, sagt sie, was bist du zu mir gekommen? Sag ich: Was heißt? Warum soll ich allein gehen? Komm mit mir! Hab ich gesagt: Ich will dich mitnehmen, wir gehen zu zweit. Sagt sie: Jede Minute kann das Gestapo kommen. Was bist du hier? Geh weg! Sag ich: Komm mit, ich geh nicht ohne dir! Nimm die Dokumente und packen wir! Ich kann nicht Polnisch reden, sagt sie, mir sieht man die Jüdin, man wird mich überall erkennen, ich geh nicht. Sag ich: Bist am Kopp gefallen? Ich werde für dich vorsprechen, ich werde dir verschaffen den Posten, und die Dokumente haben wir, gehen wir beide! Nein, ich geh nicht. Und so ich will verhandeln, läutet die Türe. Das Gestapo war da. Aber Soscha geht aufmachen. Und ich hab gehört: Stapo.

Oje, jetzt, wo soll ich hin? Die Fenster haben Gitter. Ich hätte herausgesprungen! Eiserne Gitter. Es war Hochparterre. Geflogen wäre ich. Aber wo können Sie heraus, wann a Gitter ist dort! Ich geh herein in Klosett. Klosett auch a Gitter! Das war Offiziersviertel. Polnische Offiziere, hohe, ab Oberst. Bis General haben dort gewohnt, so herauf nach. Ka Leutnant! Jetzt, Gottes willen, also Gitter. Weglaufen kannst auch nicht. Jetzt bin ich in Schlamassel. Also, Gestapo, die Soscha a paar Ohrfeigen, a Ohrfeige hin, a Ohrfeige her, und ich hab mich gestellt so hinter die Türe, nicht zugemacht die Türe von der Küche, nur hinter die Türe. Hab mir gedacht, ich muß ja nicht gerade schon vorne stehen. Vielleicht kommt niemand herein. Und es geht vorbei. Aber ich hab a Pech gehabt. Drei in Uniform, einer in Zivil. Ach, falsche Dokumente! Jüdin! Hin, her, sie geschlagen, sie soll zusammennehmen alle Sachen. Und sie hat gehabt eben solche schöne Sachen, weil die Frau hat ihr gegeben. War doch so eine geschulte Köchin, daß sie mir telefonisch den Rezept gegeben hat, wann ich nicht gewußt hab etwas zu machen.

Auf einmal, ich steh dort, die Soscha packt, ich hab gezittert, kommt sich gestiegen ein Gestapak herein in die Küche und findet mich dort stehen. Er war ein Niedriger. Niedrigere Charge. Die Oberen waren deutschsprachig. Der hat aber

Polnisch gesprochen, und dieser war der Dolmetsch. Schleppt mich heraus. Aber ich bin gestanden aufrecht. Den Kopp heraufnach. Gerade. Weil, da darf man ka Angst zeigen. Was machen Sie hier? Fragt er polnisch. Sag ich: Ich bin da zu Besuch. Heraus! In Vorzimmer! Haben Sie Dokumente? Ja. Kennkarte. Meldezettel. Wo arbeiten Sie? Da. Hier ist die Arbeitskarte. Was für Nationalität sind Sie? Sag ich: polnische. Und was für Glauben haben Sie? Römisch-katholisch. Und dort war der Hund begraben. Die nicht verstehende Juden, dort haben sie sich verraten. Sie haben Nationalität mit Glauben, mit allem zusammengemischt. Außer, wann jemand gebildet war. Und dabei hat ihm die Bildung oft auch nicht geholfen, wann er hat gehabt eine jüdische Aussprache. Aber ich hab nicht eines und nicht das zweite gehabt. Der schaut mich an, nimmt sich meine Dokumente und meldet das dem Offizier.

Noch eine ist hier! Sie behauptet, sie arbeitet dort und da. Von wo kennen Sie diese Frau? Sie ist Jüdin. Sag ich: Daß sie a Jüdin ist, das hab ich nicht gewußt. Sagt er: Und von wo kennen Sie sich überhaupt? Sag ich: So beim Einkaufen haben wir uns kennengelernt. So? Ich hab ihm nicht den Eindruck gemacht als Jüdin, glauben Sie mir. Jetzt meldet er dem Offizier. Sie behauptet, daß sie ist eine Römisch-Katholische. Und der Offizier schaut mich an, meßt mich ab mit seinem Blick und sagt: Sie kommt mit. Es wird sich schon herausstellen, was sie ist.

Na, jetzt, Dokumente dem Offizier übergeben, ist er stehengeblieben neben mir, der Patron. Und die Soscha hat dort gepackt. Das hat sich alles schnell abgespielt. Aber da war die Geistesgegenwart trotzdem. Meine gespannte Nerven! Und der steht bei mir, die Soscha in ihrem Schlafzimmer. Sie hat gehabt spezielles Zimmerl, so a schönes, mit einer Couch und so. Hat gepackt dort, und gebeutelt haben ihr die Zähne. Blaß ist sie gewesen. Wie ich ausgeschaut hab, weiß ich nicht. Jedenfalls, ich hab die Angst nicht gezeigt. So viel Verstand hab ich gehabt. Hab ka Zähneklapperei gehabt! Das haben die Deutschen bei mir nicht erlebt, daß ich ihnen die Zähne geklappert hab. Jetzt, der steht so, hat er da die Hände sich gelegt hinter den Rücken, und langweilig ist ihm geworden, auf amol! Dem Patron. Weil ihn dort interessiert hat, was diese Soscha drinnen zusammenklaubt für Geschichten. Stehlen haben sie wollen! Einpacken! Oder hat er nicht stehlen wollen? Wer weiß, was in seinem Kopp vorgegangen ist. Und er steht. Und ich steh auch. Aufrecht, als: mir kann nix passieren. Schönes Gefühl hab ich gehabt, ja? Aber nicht gezeigt!

Auf amol dreht er sich um so bissel den Rücken und macht a paar Schritte. Das sind gewesen vier Schritte. Mehr hat er nicht gehabt. Vier Schritte zu dem Zimmerl hinein zur Soscha. Und die drei Geheimpolizei wühlen in den Fetzen herum, drinnen, aber der liebe Gott hat ihm gegeben den Einfall, sich mit dem Rücken zu mir zu drehen. Er muß haben sehen wollen die Pelze! Und diese vier Schritte haben mir genügt, daß ich hab die Tasche niedergestellt. Arons Gedanken sind mir in Kopp gekommen. Tasche nieder, auf die Zehenspitzen zu die Türe, die Türe hat gehabt einen Knopf. Ka Klinke. Knopf. Die Türe schön leise aufgemacht, zugelehnt, daß man mich ja nicht hört, ka Geräusch. Und dann bin ich gerennt!

Wie a Wiesel! Zick, zack! Zick, zack! Von ein Hof in andern hinein. Wie der Hirsch in Lebensgefahr! Und wie ich so renne zwischen die Häuser, seh ich a Mauer. A Mauer! Hopp! Hab an Anrenner sowieso gehabt. Die Angst ist in mir gewesen, weil ich sie geglaubt hab hinterm Rücken. Hab ka Kopp gewendet. Weil mir war wichtig zu rennen! Und ich seh a Mauer, bumms, krach, drüber! Über die Mauer hinein in a Loch, fall hinein in Schnee. Das Loch war voll mit Schnee. Daß ich mir nicht den Kragen gebrochen habe! Hat mich Gott geschützt.

Bleib dort liegen mit dem Gesicht, mit die Hände, so wie a, wie sagt man? Wie a Platz. Wie a Platte. Platt! Und bleib liegen. Weil, da war ich erschöpft. Jiddisch sagt man Plattes, wann man flach liegt. Mit dem Gesicht im Schnee. Und gedampft hat das von mir, der Schweiß.

Jetzt denk ich mir: Gottes willen, sie werden über die

Mauer mir nachspringen! Und ich lieg dort und ich hör. Es rührt sich ka Mensch. Man springt mir nicht nach. Eine Zeitlang hab ich gemerkt, es ist a Ruh. Niemand ist mir nachgelaufen. Hat mir niemand nachgesprungen. Hab ich versucht, den Kopf zu heben. Heb den Kopp und schau mich um, wo ich eigentlich bin hereingesprungen. Hab nicht einmal gewußt!

Es war Tag noch. Es war vielleicht zwei Uhr nachmittag. Halb zwei so, im Januar. Jetzt, heb den Kopp, schau mich um. Ein Hof. Rum und um Schützengräben. Schlangenförmige. Zipft so nach, wie a Schlange. Und ich bin in so einen Schützengraben hineingefallen. Das war ein Militärhof. Und dann schau ich weiter, und dann seh ich ein großes Tor, und bei dem Tor steht ein Gewehrmann mit a gespitzten Bajonett, Gewehr, und a Schäferhund neben ihm. Na, jetzt hab ich mir gedacht, jetzt bin ich aber gut hereingefallen. Kann nicht mehr heraus! Vorne steht der Soldat, und a Hund noch dabei! Maria und Josef!

Jetzt bin ich in dem Schnee liegengeblieben. Nicht getraut mehr mich, den Kopp zu heben. Angst gehabt vorm Hund! Hab mir gedacht, der wird mich da herausspüren, dieser Hund. Aber der Hund hat nicht gespürt. Der ist gestanden neben dem Soldaten. Seine Aufgabe war vorne! Dem Hunds Aufgabe. Und ich lieg in diesem Schnee, bis es dunkel geworden ist. Hat angefangen zu dunkeln, hab mir gedacht: Sperrstunde.

Uhr hab ich keine gehabt, aber Nacht fangt an zu werden. Hund hin, Hund her, ob man mich so packt oder so packt, ich erfrier doch da in der Nacht im Schnee. Wie hab ich gekannt unter freiem Himmel bleiben? Sie werden mich doch da erwischen, trotzdem. Ich muß da heraus.

Herauf bin ich und herunter, ein Sprung, wie ein Mannsbild. Wie ein Soldat. In einer Schoß! Ich hab eine Schoß angehabt! Ich muß in mir gehabt haben Energie. Das war die Erziehung zwischen Buben. Hereinspringen hab ich können, aber heraus nicht, weil da hat mir der Anrenner gefehlt. Gehen Sie eine Zweimetermauer heraufspringen, wann Sie nicht den Anläufer haben! Erstens einmal bin ich doch kein Springer gewesen. Und jetzt, flach, nicht gewendet. Nicht gerührt.

Vor dem Soldaten hab ich auch Angst gehabt. Es war doch Kaserne. Oder Amt. Etwas wie eine Wache ist er gewesen. Was es war, weiß ich nicht. Aber Schützengräben waren dort, solche gegen Luftangriffe. Ich nenn das Schützengräben. Gegen Luftangriffe, daß man sich dort decken kann. So schlangenförmig gezogen. Also, es ist dunkel geworden.

In Gottes willen, ich kann nicht heraus. Was soll ich da machen? Und durch die Zeit, was ich dort gelegen bin, ist mir durch den Kopp gegangen, was ich soll überhaupt tun. Wann ich heraus bin. Ich hab ka Dokumente. Ich weiß nicht, wohin ich gehen soll. Also, ich geh zu die Frau Jankovska. Aber wie komm ich zu die Frau Jankovska? Ich kann doch nicht auf die Mauer herauf?

Ich meß ab die Mauer. Ich bin hundertneunundfünfzig groß. Jetzt hab ich noch gemessen, die Hand heraufnach gegeben. Waren doch fast zwei Meter. Und noch immer hab ich nicht erreicht den Rand.

Schwarz vor die Augen. Wie kommt man da herauf? Wieder eine Spekulation eingefallen! Ich werde versuchen zu finden Steine, daß ich soll mir so a Sockel bauen. So a Art Stiege. Und ich fang an mit die bloße Hände im Schnee. Der Schnee war erfroren, kalt. Es war sehr kalt draußen. Aber ich grab und finde eine halbe Ziegel, a Ziegel, a ganze, a halbe Ziegel, a Viertel Ziegel, wieder a Stein und wieder a Steindl, und sammel das zusammen.

Es war schon finster. Und ich schlepp das alles auf einen Platz. Dann versuch ich auf den Sockel mich heraufzustellen. Ah, es ist noch nicht genug. Also, dann hab ich angefangen abzutasten die zweite Seite und hab genommen die zweite Richtung. Erst bin ich gegangen auf der, dann hab ich angefangen zu kriechen auf die andere. Gebückt, geduckt. Es soll mich ja niemand sehen. Jetzt grab ich auf die andere Seite, schlepp aufs neue zusammen, wieder Steinchen. Können sich vorstellen, mit Schweiß bedeckt war ich. Gedampft hat das von mir. Und ich schlepp zusammen diese Steinchen und leg die alles zusammen. Auf mehr kann ich nicht gehen. Weil es war ka Mauer mehr. So lang war sie, und ich hab abgetastet alles.

Jetzt hab ich mir gedacht: Entweder, oder. Entweder kommst heraus oder gehst da zugrunde. Jetzt stell ich mich herauf auf den Sockel, und der Sockel war trotzdem nicht genug hoch. Weil so viele Steine waren dort nicht! Aber ich hab mir gemacht nur so einen Sockel aus dem, daß nur ein Fuß sich gehalten hat. Weil wann hätten müssen zwei Füße stehen, hätt ich gebraucht zweimal soviel Steine. Verstehen Sie? Der Schnee war bis zu die Knie, aber der Schnee wär nicht gewesen fest genug. Ich bin zu schwer gewesen. Schnee muß man ja warten, wann er bissel gefriert. Stellst dich herauf, fallt er dir zusammen! Kann nur a Stein sein oder a Brett.

Bretter hab ich keine gefunden. Jetzt, auf einem Fuß steh ich dort auf dem Sockel. Entweder, oder! Streck mich, heb die zwei Hände über diese Mauer. Die hat gehabt Kachel. Sie war so gedeckt. Das hab ich durch das Tasten so herausgekriegt. Entweder gelingt es mir oder gelingt es mir nicht! Heb mich. Pack die Mauer. Meine ganze Kraft angewendet gehabt, die letzte Kraft. Ah, hab schon die Mauer, fang ich an zu rutschen.

Jetzt, ich werde doch nicht zurückrutschen? Hab ich mir gedacht, ich laß mich nicht. Jetzt hab ich mit die Knie so an die Mauer gedrückt. Die Knie als Stütze genommen. Die Hände hab ich gehabt oben, von die Knie aus hab ich angedrückt, mitgeholfen. Und auf einmal steh ich über die Mauer. Blutig geronnen, alles, die Knie aufgeschürft, beide, geblutet, Strümpfe zerrissen, alles hat geblutet, Hände bis daher! Durch diesen Sichklammern, verstehen Sie, das ist doch gefroren gewesen, ruppig. Wie sagt man das? Ist doch a Gewaltstück gewesen von mir. Na also, ich bin außer der Mauer. Aber wo soll ich hin?

Zerrissene Strümpfe, die Leute werden sagen: Was ist das? Es war Nacht, aber noch nicht die Sperrstunde. Ich hab gewußt, ich muß vor die Sperrstunde herauskommen, sonst bin ich verloren. Jetzt, gar nix. Hast ka Ausweg. Nix zu machen. Gehst. Verblutet, nicht verblutet, gehst!

Komm zu die Tramway, hab doch schon ka Geld gehabt. Die Tasche war doch dort geblieben. Ka Dokumente, gar nichts. Steig hinauf auf die Tramway, bleib stehen zwischen die, wie sagt man das? Auf dem Deck. Ich bin nicht hineingegangen in Waggon. Die Leute hätten doch gesehen, wie ich ausschau. Hab mich draußen zwischen die Menschen dort versteckt.

Der Kondukteur hat mich nicht gefragt nach ka Billet und nach gar nichts. Im Gesicht hab ich doch wahrscheinlich normal ausgeschaut. Halbwegs.

Und ich bin durchgefahren die Strecke, bin gekommen dann zu diesem Ende des Tramways. Hab ich zu Fuß gehen müssen a Stück, weil die Jankovska hat gewohnt vorstadtmäßig. Dorfsmäßig war das schon. Bin zu ihr gekommen, hab geklopft. Ich bin doch dort hingekommen blutig.

Jadscha, sagt sie zu mir, was ist mit dir passiert. Und ich schrei heraus, daß ich nicht heiße Jadscha, daß ich bin eine Jüdin. Platz ich heraus mit a hysterischem Geweine! Aber so geweint. Direkt geheult hab ich.

Die Frau hat mir nicht geglaubt. Die hat geglaubt, ich bin verrückt. Der Verstand hat sich dir verdreht, sagt sie, du bist verrückt geworden von dem Ganzen! Hab ich gesagt: Nein, ich bin eine Jüdin. Und so schau ich aus! Ganz betroffen ist sie gewesen. Ganz betroffen. Also gut, Jadscha, sagt sie, ob du bist a Jüdin oder ka Jüdin, eß a bissel warme Suppe, laß dich abwaschen und herein in Bett, unter die Tuchent! Trink a Tee. A Bimber hat sie hereingeschüttet, mit dem Tee hat sie es gemischt. Das hat gestunken. Und sie hat mir abgewaschen die Wunden und hat mich hereingelegt ins Bett. Was sie in ihrem Innern gedacht hat, ist a separate Sache.

Jedenfalls hat sie mich nicht verraten. Sie muß schon Angst gehabt haben, aber sie hat es mir nicht zu spüren gegeben. Ich hab ja nicht gebraucht sie zu fragen, weil ich selbst gewußt hab, daß sie Angst hat. Aber sie hat auf sich genommen, und die Sache war erledigt.

Ich hab ausgeschlafen mein Gewein, dann hat sie mich zeitlich aufgeweckt. Wir haben getrunken schwarzen Kaffee mit Sacharin, a Stückl Brot auch gegessen, was rar gewesen ist. Die Buben waren schon aus dem Haus, dieser Mieczyslaw und der Bobek. Der Mieczyslaw hat geschleppt Kohlen auf die Stockwerke, um etwas zu verdienen. Der Bobek hat ihm geholfen dabei. Die Jankovska hat müssen auf den Markt. Sie sagt: Sperr ab, wirf den Schlüssel durchs Fenster. Hat von draußen den Schlüssel genommen und ist gegangen. Ich bin allein zurückgeblieben. Wieder verzweifelt. Ich hab ja gekennt die Gesetze. Ohne polizeiliche Anmeldung Fremde zu halten, das war sehr strafbar. Und im Haus haben gewohnt noch Parteien. Ich hab gewußt, man wird die Jankovska anzeigen. Und mich und sie und ihre Söhne noch erschießen. Bin aber noch geblieben, und eines Tages kommt die Jankovska und sagt: Jetzt mußt heraus vor das Haus! Man treibt die Juden, und du mußt so machen, wie wann du wärst schaulustig und lachen dazu, damit die Nachbarn sehen.

Ich bin vors Haus gegangen. Viele sind zusammengelaufen. Auf die Chaussee sind gegangen mit gebeugte Rücken Juden, Frauen, Männer, Greise, Kinder mit Binkel. Neben ihnen bewaffnete SS. Mit Kolben haben sie die Juden angetrieben, daß sie sollen schneller marschieren. Hunde waren auch dabei. Mit Peitschen gejagt, mit Hieben, gestoßen. Manche Leute haben gelacht, aber manche nicht.

Ich bin zurück ins Haus. Die Jankovska hat mich nicht arg geschimpft. Sie hat nur wollen haben Deckung. Ich geh sowieso, hab ich gesagt. Aber Jadscha, sagt sie, ich hab das gut gemeint.

Hat sie gesagt, wann ihre Schwester sie kommt besuchen, die hat gewohnt außer Krakau, daß ich ein bissel bei ihr wohnen soll und dann zurückkommen. Weil du hast doch ka Dokumente und bist nicht angemeldet. A bissel wirst dich dort bei ihr aufhalten auch. Sie hat mich mitgenommen, die Schwester.

Gottes willen, ich komm dorthin, Januar, Kinder barfuß,

spielen am Boden, schlecht genährt, verrotzt, nicht angezogen. Der Mann a Invalide, Soldatenuniform, abgehackter Fuß, a Pole, sitzt bei a Flasche, sauft. Verschwollene, besoffene Augen. Der Blick von ihm hat mir nicht gefallen. Ich hab Angst gehabt. Hab zweimal, dreimal dort übernachtet, dann hab ich bedankt für alles, was sie auf sich genommen hat, bei der Frau, und ich bin weggegangen. Richtung Bahnhof. Und hab gehoben den Kopf zum Himmel, gesucht meinen Großvater. Und wieder hab ich gesehen in meiner Phantasie den Sabbat-Kaftan, weißen Hemd, Streimel mit Fuchsschwänze, das ist so ein großer, runder Hut, und sein Kopf war so groß, als hätte er über den Wolken geschwebt. Es war wie eine Vision. Ich hab angefangen laut zu beten, von die hohen Feiertage die Gebete, weil sowieso niemand da war. Und auf einmal kommt mir der Gedanke, ich fahre zum Grzebyk, er wird mir ein neues Dokument verschaffen. Grzebyk ist es gut gegangen. Er war in der Bürgermeisterschaft. Er ist a besserer Mensch gewesen. Christ und Judenfreund. Von ihm hab ich doch gehabt das Papier auf Anna Roman.

Ich bin gefahren ohne Fahrschein, auf einmal heißt es: Zug geht nicht weiter. Aussteigen. Na, ein Gedränge. Alles steigt aus. Kalt ist es gewesen, trüb. Ich bin einfach mitgegangen mit die Passanten. Na, langsam ist es Mittag geworden. Hat die Sonne sich herausgemausert von die Wolken. Bin ich hinüber auf die Sonnenseite und gehe so den Trottoir entlang. Hunger gehabt. Aber kein Geld mehr.

Auf einmal höre ich rufen eine Frauenstimme: Eva! Eva! Das ist auch mein Name, weltlich. Hab gedacht, daß eine Mutter ruft ihr Kind. Wieder ruft sie, energisch.

Wissen Sie, jetzt bin ich doch neugierig geworden. Hab wollen wissen, was das ist für ein Kind, was das treibt, daß die Mutter muß so rufen. Also, ich dreh mich um. Kommt gestiegen aus einem schwarzen Mercedesauto eine junge Frau und lauft auf mich zu. Eva, in Gottes willen, du lebst? Stellt sich heraus, daß die hat mich gekennt noch aus dem

«Gulden», weil sie hat verkehrt dort, und ich war mit ihr per du. Eine gewisse Natalja.

Sie war Ruthenin, hat aber gelebt mit einem gewissen Hermann oder war sogar mit ihm verheiratet, ein Judenmörder, und ich hab zu ihr nicht besonderes Vertrauen gehabt. Sie war ein kleines Mistviech. Aber das sag ich so in meiner Art, verstehen Sie? War behängt mit Schmuck und hat ausgeleert ihren Geldbeutel. Gibt mir alles, was sie gehabt hat in diesem Börsel, und schafft mir, ich soll warten, sie wird von ihrem Hermann verlangen. Weil viel hat sie nicht bei sich gehabt. Sag ich: Gib mir a Ruh, es ist genug. Aber wie sie da herausgekommen ist aus diesem Auto, hab ich sie nach der Küchenchefstellvertreterin gefragt, und von dieser Natalja hab ich erfahren, daß die Stadt Brzezany ist judenfrei und daß diese Frau auch nicht verschont geblieben ist. Man hat von ihr gewußt, daß sie lebt mit einem Juden, daß sie bei sich versteckt hat den Juden, und man hat sie angezeigt bei das Gestapo. Die Russen waren schon in der Nähe gewesen, aber man hat ihr nicht gegönnt die Befreiung. Das Gestapo ist gekommen, hat verlangt den Juden Adolf. Die Frau hat verweigert die Auskunft. Sie hat aufgenommen den Kampf gegen das Gestapo, wann die sind geworden energisch, sie ist getrampelt worden zu Boden, man hat den Bunker aufgebrochen und abgeführt den Juden Adolf und diese Frau. Ihren Buben haben sie gegeben zu Klosterschwestern. Er war Vollarier. Wissen Sie, diese Frau war so aufbrausend. Sie war sehr gut, vollschlank, schöne Beine, einen zierlichen Kopf, die Haare rückwärts so geflochten und hat so ein herziges Lächeln gehabt auf ihrem Mund. Sie hat nichts gegessen, weil sie ihr Essen heraufgenommen hat, dem Adolf gegeben.

Hab ich oft gesagt zu dieser Frau: Warum essen Sie nicht? Von dem vielen Kochen bin ich schon so satt, hat sie gesagt, und von dem Geruch bin ich schon so satt, daß ich muß mir zu Hause machen ein Grießkoch. Ob man sie auch erschossen hat, das hat diese Natalja nicht gewußt.

Bei der Natalja war das eine wirkliche Freude gewesen, mich zu sehen, aber ich hab nicht gewartet. Möchten Sie das glauben, daß dieses Mädel war behängt mit Brillanten von Juden? Ich hab genommen, was sie aus ihrem Börsel geleert hat, aber ich bin gegangen.

Und dann komm ich zu so einem Platz mit verschiedene Buden. Hab müssen aufpassen, daß keine Razzia kommt. Da steh ich vor so einer Bude, wo man hat angeboten Gebetbücher, Rosenkranz, Kruzifixe und solche heilige Bilder. Jetzt, Madame, ich bin schon auch geschickt gewesen. Ich hab mir gekauft ein Gebetbuch und einen Rosenkranz. Dann, nächste Bude, hab ich mir gekauft einen geflochtenen Korb, so wie die Bäuerinnen das getragen haben. Jetzt war mir leichter. Daß ich hab gehabt diese Idee, verstehen Sie.

Und bin zum Grzebyk angekommen. Grzebyk hat aber mir nicht können verschaffen. Der Pfarrer hat sich nicht einlassen wollen auf neue Dokumente. Es war schon zu gefährlich ihm der Boden.

Ich hab dort geschlafen, zwei, drei Nächte. Aber Grzebyk hat mir nicht mehr helfen können. Er hat mir angeboten an Posten bei einem Bauern. Hab ich gesagt: Weiß der Bauer, daß ich a Jüdin bin? Hat er gesagt: Ja. Hab ich gesagt: Dann geh ich nicht, das ist mir nicht genug sicher. Ich bin ka bäuerlicher Mensch, und die Leute werden ihn beneiden um die Arbeitskraft, und ich und der Bauer werden wir draufzahlen mit dem Leben.

Ich bin gewandert, gnädige Frau, kalter Februar, Schnee, kein Baum, die Landschaft flach, man hat nicht unterscheiden können Wiese und Straße. Alles zugedeckt weiß, nur der Kilometerstein hat gezeigt die Richtung. Leer, und mit ihrem Geschrei sind geflogen Krähen. Es war unheimlich, und ich hab nicht gewußt, wo wird mein Ziel sein. Ich bin gegangen. Stehenbleiben hab ich nicht dürfen, sonst befallt mich der Schlaf, und ich kann erfrieren.

Na, hab ich gehört Glöckchen, so Geläute, und ist gekommen ein Schlitten. Hab ich dem Bauern gerufen, daß er mich mitnimmt. Er hat mir an Sack gegeben, daß ich soll nebem ihm sitzen und mich bedecken. A dicker Sack, und er hat mich gebracht zu zwei junge Leute, die haben mir Essen gegeben.

Von wo ich bin, wohin ich gehe. Dann haben sie verlangt Dokumente. Na, ich hab keine. Einer schaut den andern an. Da hat einer dem andern den Blick geworfen. Aber auf der Bettbank hab ich schlafen dürfen, und nächsten Tag führt mich der eine in den Stall. Dort ist gewesen a Pferd und a erstgeborenes Fohlen. Das war sehr herzig, gnädige Frau, dieses Fohlen. Ist immer gesprungen zu der Mutter und aufgeführt solche verschiedene Komödien!

Der Bauer schafft mir, von dem Pferd den Mist wegzunehmen, den Stall in Ordnung zu geben und mit einem Rechen das Stroh zusammenkehren und so.

Na, ich bin gestanden mit der Mistgabel und hab nicht gewußt mit dem umzugehen! Hab versucht mit dem Rechen. Ich hab mir gedacht: Wieso? Ein Mensch muß doch das können! Ist doch selbstverständlich! Das muß ich doch meistern! Aber ich hab verstanden nicht a bissel mit dieser Gabel umzugehen. Hab probiert Verschiedenes, so und so und so und so.

Aber ich hab nicht gehabt den Griff, und dann ist der Bauer zurückgekommen und hat zusammengekehrt. Kein Wort gesagt! Mit einige Griffe hat er alles erledigt gehabt.

Beim Essen dann, der Bauer hat nicht viel geredet. Und seine Frau, die sagt: Nehmen Sie mir bitte das nicht im Unguten, aber Sie sind nicht vom Land, Sie haben ka Dokumente, Sie verstehen auch nicht im geringsten von unserer Arbeit, folglich sind Sie ein städtischer Mensch. Sie hat kapiert, wer ich bin. Nicht ausgesprochen, aber kapiert. Und hat mir gesagt von einem Mann im Dorf, daß ich zu dem mich soll begeben, daß er hat schon vielen geholfen. Gehen Sie zu ihm, sagt sie, sagen Sie die Wahrheit, aber sagen Sie ihm nicht, daß ich Sie geschickt habe!

Also, der Bauer erklärt mir den Weg, und ich bin gegangen. Das war dann a Christ, dieser Mann, a judenfreundlicher. Eine alte Frau ist in dem Haus gewesen, hat gekocht a Nachtmahl. Nacht war es, wie ich dort hingekommen bin. Ich habe mit dem Herrn des Hauses etwas zu besprechen, sag ich zu ihr.

Da müssen Sie warten, sagt sie, weil der Herr hat Besuch. Na, ich bleibe bei ihr in der Küche.

Nach einiger Zeit hab ich gesehen einige Herren weggehen. Und der Inhaber des Hauses war nicht a Bauer, nicht a Städter. Er war mit einer verkrüppelte Hand, er hat gehabt a Mißgeburthand. Wo wir haben die Finger, die Finger waren nur solche Stumpen. Gnädige Frau, ich soll mich doch nicht versündigen, aber er hat gehabt a Hand wie von a Schwein a Fuß. Joj, das erste Mal in meinem Leben, daß ich so was gesehen hab. Aber er war beweglich.

Ich bitte Sie um einen Gespräch zwischen vier Augen, hab ich gesagt. Eine Petroleumlampe hat geleuchtet, und eine heilige Maria. No, a Christ? Auch a Kruzifix ist dort gewesen. Logisch. Aber ka Fußboden, ka Bretter. Erde!

Bin ich also herausgekommen mit allem, und er sagt: Sie sehen aber nicht wie eine Jüdin aus. Und es ist sehr schwer, etwas zu machen, sagt er, die Leute haben Angst, es wird sehr verraten! Dann hat er mir aber eine Ortschaft genannt, und wann ich soll dorthin kommen, soll ich abgeben einen Zettel. A paar hat er mir zugesteckt, er hat das unterschrieben. Mit der rechten Hand hat der Mann manipuliert, wissen Sie? Er hat doch schreiben können. Und hat mir gesagt, wie ich soll gehen und die Zettel gut verstecken. Man soll sie nicht bei mir erwischen, aber diese Leute dort werden mir helfen, weil sie ihm verpflichtet sind.

Schreckliche Gegend ist das gewesen, Schnee, und solche Dörfer, Flachland, armselig, ka Mensch hat sich ausgekennt, alles verschneit. Und so matschig und quatschig. Und auf einmal fange ich an in Boden zu sinken. Der Boden gibt nach! Ich fange an zu schreien. A Sumpf! Weiß ich, a Sumpf! Daß ich den Halt verliere, und immer tiefer. Jetzt wirst du erstikken! Ich fange an zu schreien, aber hat mich ja niemand gesehen. Alles still. Nur die Sonne hat gescheint. Hämisch hab ich die Sonne empfunden. So als möchte sie mich auslachen. Ich hab sie nicht fröhlich empfunden. Die Sonne war dort, und den Blick geworfen, und mir ist so vorgekommen, als möchte sie mich auslachen, weil ich in so eine Situation bin.

Ich hab nicht geweint, gnädige Frau, ich hab gewinselt. Und das war mein Gebet. Und muß zurück, um nicht umzukommen. Hab ich angefangen auf Zehenspitzen mich zu heben, leicht, fast wie in die Lüfte, zurück in meine eigenen Fußstapfen, verschwitzt und mit Kot ganz verschmiert bin ich wieder gestanden am festen Boden. Ich hab so gespreizt auch die Arme, wissen Sie, wie a Vogel. Und abgerieben die Stiefel, die Knie und alles.

Dann bin ich hingekommen zu dieser Person, abstrapaziert, hab überreicht die Handschrift von dem Menschen, dem sie irgendwie verpflichtet war, weiß selbst nicht, aus welchem Grund. Hat sie mir so a Art Bett gerichtet auf Stroh, und den nächsten Tag sagt sie: Was ich brauche, sind zehn Zloty.

Bitte, hab ich ihr gegeben. Das war doch dieses Geld, was mir das Gestapo-Weib in die Hand geleert hat. Sie hat die zehn Zloty ihrem Buben gegeben, hat ihm zum Pfarrer geschickt, er soll sagen, daß die Dombrovska laßt bitten den Taufschein von ihrer Tochter. Der Bub ist gegangen. Nach einer Zeit kommt er zurück mit so einem Papier. Das hat sie mir gegeben, gnädige Frau. Es hat gelautet auf Josefa Dombrovska, geboren 2.3.1907. Jetzt hab ich mir gedacht, niemand wird mir glauben, daß ich bin siebenunddreißig Jahre alt. Jetzt hab ich gebeten diese Frau, daß sie mir soll geben Tinte und Feder. Das war so mit schwarze Tinte geschrieben, und die Tinte, was der Bub mir gebracht hat, war blau. Jetzt hab ich sie gefragt, ob sie hat Ruß. Und ich hab das zusammengemischt mit Ruß, und dem Null hab ich gegeben so an Haken, so an Schwanz, wissen Sie? Anders können Sie nicht machen an Zweier aus a Null. Und jetzt hat gelautet das Papier auf Josefa Dombrovska, geboren 1927. Aber leider, ein Blinder hat das gesehen, daß das a Fälschung war.

Die Wahrheit gesprochen, ich hab wollen zu die Partisanen. Weil ich ka Papiere gehabt hab. Und hab mich gesetzt in a Bahnhofstation. Sitz ich dort unter diese Leut, diese Leut mit Binkel. Das waren doch alles Schwarzhändler. Man hat getauscht, man hat gemacht. Es war doch a Krieg, a mieser.

Jetzt, bei dem Schankpult, wie sagt man das, ist gestanden a Haufen Männer. Wo man Bier ausschenkt. Und sind gestanden mit a Glas Bier und haben so diskutiert, so hitzig diskutiert. Männer mit solche Schnauzen! Wie sagt man das? Und diskutiert, hin, her! Na, als Mädel, wie traut man sich hinzugehen zu solche Mannsbilder? Wer weiß, was für Mannsbilder das waren! Und angeheitert auch noch dazu.

Aber einer war zwischen ihnen, so a Art Intelligenzler. Entweder war das a Pfarrer oder a Lehrer oder a anderer. Jedenfalls, nicht dasselbe. Aber er hat mit ihnen sich unterhalten. Die waren alle verwickelt in so a Gespräch.

Jetzt hab ich mir gedacht, wann die da so hitzig diskutieren, wann der Mensch, also, ich hab diesen Mann so beobachtet, und ich hab mir gedacht, dieser Intelligenzler macht mir so irgendwie einen vertrauenswürdigen Eindruck. Ich werde mich an ihn wenden.

Und ich geh weg von dieser Bank, wo ich gesessen bin, und ich geh zu dieser Schank. Dort sind keine Weiber gewesen. Und ich sag zu diesem Herrn: Entschuldigen Sie mir, aber ich hätte an Ihnen eine Frage. Aber ich kann diese Frage nicht geben in der Gegenwart von alle Leute, und ich möchte Sie persönlich etwas fragen. Hat er gesagt: Gut, warten Sie, ich hab noch da a bissel mit den Leuten was zu reden. Wo sitzen Sie denn? Hab ich gesagt: Dort sitz ich, in dieser Ecke. Hat er gesagt: Schauen Sie, wann ich soll da fertig sein mit dieser ganzen Debatte, da werde ich dann noch zu Ihnen kommen.

Tatsächlich, nach einer Zeit, es hat so ziemlich lange gedauert, weil diese Männer dort, die waren angeschwipst, und weiß der Teufel, was die sich gehabt haben zu reden, vielleicht sogar politisch. Jedenfalls, nach einer Zeit ist dieser Intelligenzler doch zu mir gekommen. Sagt er: Bitte, was wollen Sie? Hab ich gesagt: Entschuldigen Sie mir, da in Gegenwart von alle die Leute kann ich nicht reden, kommen Sie mit mir heraus. Also, der ist herausgegangen aus dieser Restauration mit mir, hab ich gesagt: Schauen Sie, Sie machen irgendwie so einen vertrauenswürdigen Eindruck, ich weiß nicht einmal, wer Sie sind, aber ich muß mich jemand anvertrauen. Ich weiß nicht, wo ich soll hin! Ich bin eine Jüdin, hab ich gesagt, und gehört hab ich, daß da irgendwelche Partisanen sind. Wissen Sie nicht etwas Näheres?

Der schaut mich an. Madame, es waren doch aber auch Spitzeln zwischen solche Leut! Man hat sich nicht gekannt mit jedem einlassen! Aber der hat mich auch so irgendwie angeschaut, dann hat er mir geantwortet. Wissen Sie, was? Gehen Sie in diese und diese Richtung, und dort und dort und dort. Und wann Sie werden hinkommen, dann sind solche Waldungen, daß dort werden Sie bestimmt die Partisanen treffen. Und er hat mir noch gesagt: Nicht Sie werden die Partisanen treffen, sondern die Partisanen werden Sie treffen. Sie verstehen?

Na, ich bin ein paar Tage marschiert. Ich muß mich sehr verirrt haben, hab doch in der Gegend nicht gewußt, bis ich zu eine Chaussee gekommen bin, da war es schon etwas wärmer, aber der Himmel bedeckt mit dunkle Wolken.

Manchmal ist so ein deutscher Laster gefahren, mit Planen verdeckt. Der Soldat am Steuer, grimmig! Er war sicherlich auch nicht sehr erfreut über die ganze Geschichte. Es war ja nah bei die russsische Grenze. Er hat gewußt, wahrscheinlich, daß in dieser Gegend gefährlich ist, weil die Partisanen haben Überfälle gemacht. Oder es ist ihm auf die Nerven gegangen, was weiß ich.

Und zu der Mittagszeit, kein Strahl hat können die Wolken durchbrechen. Umgekehrt! Der Himmel hat sich verdeckt, es fangt an zu donnern und zu blitzen. Ich hab im stillen mein Gebet gesagt, beim ersten Krach. Wir Juden haben ein Gesetz, daß, wann man den ersten Donnerschlag hört, man muß sagen: Gelobt seist Du, Allmächtiger, der die Welt mit Kraft erschaffen hat.

Es war mir aber unheimlich. Niemand auf der Chaussee, und von beide Seiten Buchenwald oder Eiche, mit große, breite Stämme. Das hat ka End genommen. A Donner! A Blitz! Und a Guß! A Wolkenbruch. Ich bin hinein unter die Bäume. Wo soll ich mich denn da schützen? Und noch a Donner, a Blitz. Zack! Feuer vor meine Augen. Denk ich mir, an einem Baum kann ganz genau auch einschlagen der Blitz oder wie. Bin ich zurück auf diese Chaussee.

Es hat gegossen so wie mit Schaffeln. Meine Bekleidung total naß, die Stiefel voll mit Wasser. Der Kopf, das Gesicht, von überall tropft es mir. Finster vor meine Augen. Aber ich schreie nicht, ich weine nicht. Ich hab gebückt meinen Rükken, mit gesenktem Kopf, hab ich geschleppt meine Last weiter, die Last meines Volkes. Ich gehe und schleppe, die Kleider waren voller Wasser, und ich hab schon gesehen den Tod vor meine Augen.

Aber langsam ist geworden der Regen langsamer. Er hat sich so beruhigt, der Regen, wissen Sie? Es hat geregnet, aber der Wolkenbruch ist erledigt gewesen. Und durch diesen Wolkenbruch bin ich so schrecklich naß geworden.

Na, dann hab ich von der Ferne so einen dünnen Rauch gesehen, wie von einem Kamin. Bin auf den Rauch zugegangen auf a Art Hütte. Am Wald.

Eine Frau hat mir aufgemacht. Sie war sehr mager. Hat sich erschrocken, wie wann sie sieht a Gespenst. Wirklich wahr, sie hat sich erschrocken. Und von mir getropft alles, als wann man mich hätte von an Fluß herausgezogen. Sie hat aber nichts gefragt. Mich geführt in so a Art Zimmer. Es waren armselige Leute. Zimmer, Tisch und a paar Sessel, und vielleicht fünf Männer sind dort gesessen und haben getrunken Schnaps. Die fangen an zu lachen. Die waren beschwipst, wissen Sie? Haben gesehen mich, so wie das mir rinnt alles. Na, gut. So hab ich ausgeschaut.

Laß das Mädel ausziehen! Sie ist doch wie von einem Teich herausgefischt! Hat diese Frau mir gegeben von sich a Paar Schlapfen, a Kittel und irgendein Plaid über den Rücken. Hat vollgelegt den Ofen mit Holz, ausgewunden meine Wäsche und Strümpfe, und alles hingelegt zum Trocknen. Dann hat sie mir serviert eine Kartoffelsuppe.

Der einer Mann hat in einen Glas ein Schnaps eingegossen. Jetzt sollen Sie aber trinken! Ich hab abgelehnt. Sie müssen durchwärmen! Damit Sie keine Lungenentzündung bekommen! Sie sind sehr naß geworden!

Ich hab ausgeleert das Glas, und das Zimmer fangt sich mir an zu drehen. Wer weiß, was für Wodka das gewesen ist. Hab ich verstanden, a Schnaps zu trinken? Aber der hat mir eingeredet! Die Männer, der Tisch, alles hat sich mir gedreht. Ich bin gesessen! Aber das hat sich alles mit mir gedreht.

Die Männer haben gemerkt, daß es ist mir in Kopf gestiegen. Die haben sich doch ausgekennt, das waren doch Trinker, diese Leute. Man seht doch sich nicht! A anderer sieht einen. Sich selbst seht man doch nicht! Ich hab doch ka Spiegel gehabt! Ja, ich lach darüber, aber mir war nicht zum Lachen. Die Leute dort haben aber gelacht.

Na, ich sitz dort eine Zeitlang bei dem Tisch. Bis Wäsche und Kleider so trockneten. Der Mantel ist nicht trocken geworden.

Und so ein Regen hat sie erwischt! Hat sie Dokumente?

Ich hab bei mir schon gehabt diese falsche Taufschein. Hab mich aber nicht getraut zu zeigen, weil das a Blinder gesehen hat, daß das ausgebessert war. Ich hab ka Dokumente, sag ich.

Alle Blicke auf mir gerichtet. Es tut mir leid, daß ich Sie hier nicht übernachten lassen kann, sagt der eine Mann. Vielleicht war er Aufpaß auf den Wald oder so etwas. Wohl können es auch Bauern gewesen sein, diese ganze Gesellschaft. Vielleicht Waldarbeiter. Das waren keine Intelligenzler, gnädige Frau. Die haben dort gehaust. Von was sie tatsächlich gelebt haben, weiß ich nicht, ich bin doch nicht gegangen legitimieren! Sie haben gut getrunken.

Also, es tut ihm leid, daß er mich nicht kann lassen übernachten, aber oft kommen in der Nacht die deutsche Soldaten und fragen die Richtung von der Chaussee. Und wann sie verlangen den Ausweis, sie machen ka große Geschichten, sie knallen ganz einfach einen ab. Verstehen Sie, der Mann hat mir Wink gegeben. Ich hab gehabt den Eindruck, daß er sich vor die andere Männer gefürchtet hat. Wären diese Leute nicht bei ihm gewesen, hätten sie mich ganz schön dort versteckt, er und die Frau. Aber die Sache hat er mir erklärt, damit ich soll nicht böse sein. Ich soll nicht sehen, daß er schlecht ist, wissen Sie? Und hat mir gewiesen den Weg zu einem Dorf.

Aber dort hat jeder verlangt Ausweispapier. Es ist schon gewesen finster. Und in einen Haus bin ich hinein, da hab ich getroffen zwei Frauen in der Küche. Die eine hat mich angefahren, gleich grob geworden. Bin ich gegangen. Aber nach ein paar Minuten kommt die andere mir nach und sagt, daß ich werde bei ihr übernachten. A Frau mit drei Kinder. Kein Mann. Haben gelebt nur unter einem Strohdach.

Geben Sie her den Mantel, sagt sie. Also, sie bettet mir da ein Lager am Fußboden. Kleider und Wäsche hat sie zu dem Ofen gegeben. Ich bin die Nacht nackt gelegen unter die Decke, weil alles hat man mir müssen austrocknen. Es war aber trotzdem nicht trocken gewesen den nächsten Tag. Und sie hat nicht gehabt etwas umzuziehen für mich. Die Kinder sind gewesen so neugierig, als wäre ich irgendwelches Heruntergefallenes, wie von Mond. Hat sie die Kinder ins Bett geschickt. Dann sagt sie zu mir: Ich will nicht in Sie dringen, aber Sie haben keine Dokumente, und eine Christin sind Sie nicht!

Gnädige Frau, die Wahrheit gesprochen, zu ihr hab ich mich nicht bekennen wollen. Wann mir niemand hätte hereingelassen, ich wäre in Wald gegangen. Die Frau aber hat gesagt: Schauen Sie, hat ein christliches Mädchen nötig, sich so zu plagen? Ich, keine Antwort! Schlafen Sie gut, sagt sie, aber gehen Sie nicht in den Wald, es kommen deutsche Kommandoüberfälle. Ich, keine Antwort. Die Frau hat mir aber nicht schlecht gemeint, verstehen Sie?

Und wie ich dann in Wald gekommen bin, war da zu merken durch gewisse Stellen, wo man getretet hat, waren Abtritte von Stiefel, mit Nägel beschlagene sehr, Marschabtritte, wie nennt man das, Stappen? Sogar die Sohlen, diese Schuhnagel, Nagelsohlen, diese Bergsteigerschuh, diese Klötze, was man hereinschlagt in diese starke Sohlen, damit man nicht rutscht! Das waren Tritte! Hab noch mit mir gehabt Milch von der Frau, von ihrer Kuh. Und Brot. Sie hat mir Glück gewünscht, und Jesus soll mich beschützen. Stellen Sie sich vor! Und sie hat zu mir gesagt, ich soll mir merken, daß es auch gute Christen gibt.

Also, ich war schon in dieser Gegend von die Partisanen. Der Wald hat sich weitergezogen, kilometerweit, und das waren solche Blätter, nicht Fichten. Große Blätter. Stämmige Bäume. Noch jung manche auch.

Aber, wie kann ich wissen, wo die Partisanen stecken? Wo hab ich suchen sollen? Die sind doch in Versteck! Also, voll mit Bäume. Menschenleer. Ich versuch irgendwie mich auszukennen, auf einmal merk ich so a Stückl eine Lichtung, ein Weg. Dann seh ich diese Schuhnägel, diese Schlagnägel. Und ich geh den Weg nach die Fußtritte. Dann hab ich aufgegessen das Brot. Gute Luft war dort, ich bin hungrig geworden! Hab aber keinen Menschen gesehen, und mich hat ka Mensch gesehn.

Ich bin herumgeirrt. Hab nicht gewußt, wo ich bin. Ich bin im Wald gewesen, fertig. Jetzt denk ich mir: Gottes willen, es wird Nacht, was werde ich tun? Aber zufällig war es eine Mondscheinnacht irgendwie. Und ich such mir aus so ein Stamm, einen breiten Baum, und ich hab mich so hingehockt. A Haufen Unglück. Madame, Angst hab ich nicht gehabt. Ich war auf alles gefaßt. Wann man auf alles gefaßt ist, irgendwie, man sieht das Leben anders. Verschwindet die Angst.

Ich hab aber nicht geschlafen, bin nur so gesessen. Hätte mich in dieser Nacht eine Partisanenpatrouille erwischt, dann wäre ich zugetreten. Wer weiß, wo sie sich versteckt haben.

Auf einmal, krrch! Krroch! Krrch! Aber so ekelhaft, wissen Sie? Ja, die Frau hat mich aufmerksam gemacht, dort sind Wildschweine. Die werden Sie auffressen! Hab ich gesagt, ich hab nicht Angst vor ka Wildschwein, ich hab mehr Angst vor die Menschen als vor einem Wildschwein. Wirklich wahr, ich hab so schnurstracks diese Antwort ihr gegeben. Herausgeflogen ist das von mir. Die hat mich angeschaut wie blöd. Und jetzt, krrrch! Brruah! Oje! Und auch solche kleine Laute von junge Wildschweinchen, solche Kitz, wissen Sie?

Oje, jetzt hab ich es mit an Wildschwein. Ich weiß nicht, was ich da machen soll. Was soll ich tun mit dem? Hab ich mich erinnert an eine Geschichte, was wir in der Schule gelernt haben. Ein Märchen. Daß zwei Kollegen sind in Wald gegangen, haben sich verirrt, und auf einmal haben sie getroffen einen Bären. Und der einer war geschickter, ist herauf auf den Baum. Und der zweiter hat nicht klettern können. Hat er sich niedergeworfen auf die Erde, hat sich so hingestreckt, als wäre er tot. Und der Bär hat ihn beschnuffelt und ist weggegangen. Kennen Sie diese Geschichte? Und vom Baum sagt der Kollege zu ihm: Was hat dieser Bär dir in den Ohr hineingeflüstert? Ja, der Bär hat mir gesagt, daß den Freund man erkennt in der Not.

Auf diese Geschichte hab ich mich erinnert. Jetzt, ich bin so sitzen geblieben, hab meinen Atem zurückgehalten. Je näher sie ist zu mir gekommen, hab ich nicht geatmet. Ich hab mich nicht auf die Erde geworfen, weil mit dem hätte ich ein Geräusch gemacht. Und diese Wildschweine, choa! Choa! Mir ist schon kalt gewesen auf dem Rücken, das ist wahr.

Aber die ist vorbeigegangen, die Mutter. Und die Kleinen sind ihr nachgegangen. Dann hab ich vernommen ein Geplätscher. Das Wildschwein ist gegangen trinken!

Hab mir gedacht: Ach so, da ist ein Wasser irgendwo, da muß ein Fluß sein, daß der Schwein ist gegangen trinken in der Nacht. Er hat sich wahrscheinlich während dem Tag nicht getraut herauszukriechen. Und so bin ich eine Begegnung mit einem Wildschwein durchgegangen. Es war aber ein großes, ein sehr großes Tier. Und die Frau hat mir gesagt, die fallen einen an. Aber wie ein Stück Lehm bin ich dort gesessen. Und durch meine Stille hab ich sie nicht gestört. Sie war ja nicht hungrig, sie war durstig! Wann sie wäre hungrig gewesen, weiß ich nicht. Aber, gnädige Frau, man hat auch Angst vor einem normalen Schwein! Also gut, sie hat mich mit Ruh gelassen, ist nicht gegangen auf Fang, sondern gegangen ihres Weges dann sogar in andere Richtung. Der Schwein kennt sich ja aus, er weiß ja, wohin er zu gehen hat. Er behaust doch den Wald!

Nach dem Schreck muß ich eingeschlummert haben. Und mir träumt meine Mutter, daß sie hat so einen Plaid auch gehabt auf ihrem Rücken, kommt zu mir, greift mich bei die Hand und lauft mit mir, und wir stolpern und rennen und laufen. Warum bist du hier? Siehst du nicht, daß du bist in eine schreckliche Gefahr? Und steckt mich hinein in einen Kasten und sagt: Hier bist du gut aufgehoben. Und verschwindet. Und ich weck mich auf.

Was hat sie da gesagt? Ich soll laufen? Gnädige Frau, ich hab angefangen zu laufen in diesem Wald wie eine Wahnsinnige. Hab nicht gewußt, ich soll heraus oder herein! Erstens einmal war Nacht. Dann hab ich nicht ausgeprägt besonders den Sinn. Man muß ja schon ein bissel mehr ein Wanderer sein für so etwas. Ich hab gerennt nach dem Mond. Wo ich gesehen hab a Lichtung, bin ich gerennt. Und gelandet bin ich auf a Feld. Aber interessanterweise, daß mein Mann hat das mitgemacht, was ich hab geträumt, gnädige Frau. Es wird schon ein Orakel dabei sein. Nämlich, ihn hat man gesteckt in so an Kasten, so a Archiv. Aber das ist gewesen Wirklichkeit. Nur, mit mir hat das meine Mutter gemacht im Traum.

Jetzt, das war so a Loch, was ich dann gefunden hab auf dem Feld. Das war so ein Stroh, ich muß Ihnen das erklären. Daß Bauern haben früher einmal aufgegraben a Grube, und dort haben sie hereingelegt Kartoffel für den Winter, haben es zugedeckt mit Stroh. Das war die Reserve, die Saat für den Frühjahr. Das haben sie schon verstanden zu machen. Dann haben sie da so ein Dach über dem gelegt, daß das Wasser herunterfließen soll seitlich. Es soll dort kein Wasser hereinsickern, wissen Sie, und das war so a kleiner Loch. Ich hab mich fast nicht hineinzwängen können. Innen ist es auch eng gewesen. Aber es ist mir gelungen. De facto, die Wahrheit gesagt, gnädige Frau, ich wäre lieber im Wald geblieben. Ich hab mir gedacht: Hol's der Kuckuck! Bevor ich mich abschlachten soll lassen wie a Tier, auch wann mich a Kugel trifft. Da weiß ich wenigstens, für was ich gestorben bin. Ich laß mich nicht führen wie eine Kuh auf die Schlachtbank! Und ich hätte gern in dem Wald geblieben.

Ich bin in dem Loch, und was das Schicksal haben will, ein Hund hat mich aufgeschnuffelt. Ein Hund! Die ganze Nacht ist er herumgelaufen um diesen Zeug und hat gebellt. Und gebellt und so gejammert und gebellt und hat ka Ruh gegeben. Aber es ist niemand gekommen. Das Feld war weit entfernt von die Bauern. In der Früh, wie ka Hund mehr war, bin ich herausgekrochen.

Also, wieder gegangen. Am Feldweg. Hab mich entschlossen für die Stadt, wegen des Traums. Bin gekommen in ein Dorf, hab geklopft bei einem Bauern. Solcher armseliger Bauer. Hat mich betrachtet mit Mißtrauen. Wahrscheinlich hab ich auch danach ausgesehen. Ka Spiegel gehabt! Ich hab verlangt, man soll mir geben gegen Bezahlung etwas Brot und a bissel Tee. Er hat mir nur Milch und Brot gegeben. Ich hab bezahlt, was er verlangt hat. Hat nicht viel verlangt. Dann hab ich ihn gefragt den Weg zum Bahnhof. Sagt der Bauer: Haha! Hoho! Das ist polnisch. Sagt man so, hoho? Zum Bahnhof? Da haben Sie noch sehr, sehr weit. Sie sind kein Mann, Sie sind ein Mädel, Sie werden es in einem Tag nicht schaffen. Aber er hat gezeigt mir die Richtung.

Und jetzt werde ich Ihnen etwas vorsagen. Also, im Buch Moses heißt ein Kapitel, daß Gott sagt zu Abraham: Geh heraus aus deinem Lande, aus deinem Geburtshaus, aus deines Vaters Haus, und gehe ins Land, das ich dir zeigen werde. Ich schließe mit dir einen Bund. Deine Nachkommen werden sein so viele wie die Sterne am Himmel und Sandkörner am Meeresstrand. Und alle Familien der Welt werden sich in deinem Namen heiligen. Das ist mir nämlich eingefallen zu meinem Wanderweg. Ich bin doch Nachkommen. Ich hab doch den Wanderweg! Und bin doch gegangen von Vaters Haus, in die Welt hinausgeschmissen geworden, und bin geblieben als Wanderer mein Leben lang. Ich hab nicht mehr Wurzeln fangen können.

Also, kein Mensch auf dem Weg, kein Fuhrwerk. Alles, als hätte sich in ein Winkel verkrochen! Verzweiflung.

Gottes willen, Nacht bricht herein. Stille, nur Stille. Das Pfeifen des Windes hat mir noch unheimlicher gemacht das Gehn. Aber ich hab nicht gefragt, warum. Ich hab doch getragen das Schicksal meines Volkes. Also hab ich vor mir dahingesungen so gewisse Gebete.

Gnädige Frau, es war so still, daß es war zu hören das Echo von meine eigenen Schritte. Auf einmal kommt a Bizykel mit einem Mann. So mitteljähriger Blonder. Ich hab die Hand gehoben, ist er gleich stehengeblieben. Hab ihn gefragt, wie weit es noch ist zu einem Dorf oder so, daß ich gehe fast den ganzen Tag zu Fuß und nimmt kein Ende. Er fragt, wohin ich vorhabe zu gehen. Zur Bahnstation, sag ich. Das ist noch ziemlich weit, sagt er. Haben Sie Papiere? Schaut er mich an, so prüfend. Dann hat er gesenkt den Kopf. Nachgedacht eine Weile. Und dann sagt er, er ist der Bürgermeister des naheliegenden Ortes. Daß er wird langsam fahren, ich soll ihm nachgehen, aber ich soll nichts sagen bei ihm zu Hause. Sie kommen in mein Haus, sagt er, und Sie verlangen, man soll Sie übernachten lassen. Ich werde das andere arrangieren.

Gut. Er setzt sich auf den Bizykel, fahrt langsam, ich geh ihm nach, bis wir zu dem Ort kommen. Fast dunkel schon gewesen. Bin hineingegangen in den großen Bauernhof. Ein

Hund hat angefangen zu bellen, als möchte er mich zerreißen. War aber angebunden an so einer Kette. Im Hof ein Getue von irgendwelche Mägde und solche Sachen und Kinder. Ich komme ins Haus, die Bäuerin laßt mich herein. Schöne Frau gewesen, auch noch jung. Der Mann von dem Bizykel ist schon gesessen am Tisch. Sie hat ihm hingestellt das Essen.

Grüß Gott, grüß Gott. Habe erzählt, daß ich komme von weitem Weg und ob ich kann hier übernachten. Die Frau schaut den Mann an, so fragend. Er hat sich gestellt, als weiß er nichts. Dann sagt er: Kascha, gib ihr etwas Warmes zu essen, sie schaut erfroren aus.

Und beim selben Tisch mit diesem Bürgermeister habe ich dann bekommen Brot und Speck und Suppe, und die Frau hat mir gebracht ein Lavoir mit heißem Wasser, daß ich mich waschen soll, die Kinder haben gebracht Stroh, Tuchent und a Polster, und neben dem Ofen, oj! Ich hab geschlafen die ganze Nacht.

In der Früh die Bäuerin hat mich geweckt, hat mir warme Milch gegeben, Brot, hat mir hereingelegt noch in den Korb Speck und Brot, hat mir gewünscht glücklichen Weg, und ich hab bei ihr bedankt, hab auch übermitteln lassen noch meine Hochachtung für ihren Mann. Der hat sich nicht mehr gezeigt. Er war doch der Bürgermeister, verstehen Sie?

Wieder gegangen, und die Tage sind klein gewesen, es war doch Winter, und bald ist es dunkel geworden, aber ich hab erreicht die Station Lublin. Wartesaal überfüllt, und die Züge sind gegangen mit große Verspätungen. Ich hab mir gekauft a Billett nach Warschau. Die Leute haben geschlafen, geraucht, getratscht, und ich bin gesessen mit mein geflochtenen Korb, mit diesem Gebetbuch und diesem Rosenkranz. Hab gegessen a bissel vom Proviant, was mir die Frau in Korb gelegt hat, aber wenig nur, nicht auf den letzten Bissen. Damit ich hab in Reserve. Es ist geworden zwölf Uhr nacht, es kommt sich ka Zug nicht. Auf einmal Stiefelschritte. Aufgeprallt der Eingang. Eine Patrouille. Zwei deutsche Gendarmerie, uniformiert. Noch ein dritter war, der ist stehengeblieben beim

Eingang. Und die zwei: Ausweise! Ich hab wollen suchen a Deckung. Nichts zu machen. Alles versperrt, voll mit Menschen. Jetzt, ich krame heraus den falschen Geburtsschein. Kennkarte, bitte! Das wäre gewesen a Ausweis mit Fotografie, Sie wissen. Personalausweis, ja. Nicht verstehen. Was heißt, nicht verstehen? Mitkommen! Bin ich geworden abgeführt auf den Bahnwachzimmer. Der einer hat überreicht dort meinen Schein. Der Vorgesetzter schaut mich an. Ebenfalls uniformierter Deutscher. Warum haben Sie keine Kennkarte? Nicht verstehen. Aha, sie versteht nicht! Ein Dolmetsch muß her! Es kommt herein der Dolmetsch, ebenfalls Uniformierter. Der hat gesprochen polnisch. Ich fahre nach Warschau, sage ich, dort habe ich meine Tante zu pflegen, und ich komme von Dorf, bei uns gibt es keine Kennkarte! Der hat dem verdolmetscht das. Der Deutscher schaut aufs neu mich an und sagt: Mensch, sagt er, der Geburtsschein ist ja gefälscht! Dolmetsch, zu mir: Der Geburtsschein ist gefälscht. Ich hab nicht gefälscht, sag ich, der Herr Pfarrer hat mir so gegeben, ich kann nicht dafür, daß er so ausschaut. Das ist wieder geworden verdolmetscht. Der Deutscher: Nein! Abführen! Gibt mir den Schein zurück. Hat gerufen einen Soldaten, mit dem bin ich gegangen hinaus.

Es war Nacht, aber hell. Mond und der Himmel voll mit Sterne. Der Soldat, ganz leger neben mir. Jetzt, mir ist gekommen ein Gedanke. Dieser Soldat war ein junger Mensch, so ganz a legerer junger Mensch. Und ich sag zu ihm: Schauen Sie, Sie führen mich ab ins Lager, was haben Sie davon? Meine Tante ist allein, sie wartet auf mir. Lassen Sie mich laufen! Da fangt der an mich anzuschauen, so lustig aber. Ihm ist das lustig vorgekommen. Was, sagt er, auf einmal kannst du Deutsch? Aber, aber! Packt mich am Kinn, dreht mir das Gesicht so, wissen Sie, wendet mir das Gesicht zum Mondschein. Und fangt mich an abzuküssen. Küßt sich satt und hat gehabt so lustige Art, so leger. Laufen lassen? Sagt er: So leicht gehts nicht! Und küßt sich satt und sagt: Jetzt kannst laufen. Aber paß auf, Mädel, daß man dich nicht noch einmal erwischt, sonst bekomm ich den Aufputzer!

Wirklich wahr, ich bin gelaufen! Dann, auf dem Weg, ich hab mich umgekehrt. Hab nicht verstanden, wie er kann sein so ein Mensch. Bin zurück, hab ihn gefragt, wer er ist. Es hat mich ka Ruh gelassen. Also, er hat sich bezeichnet als Österreicher. Gar nichts anderes hat er gesagt. Nur dieses Wort. Gnädige Frau, ich schwöre darauf. So hat er gesagt: Ich bin ein Österreicher.

Gnädige Frau, ich bin nicht ungeschoren davongekommen. Es war so, daß ich bin durchgekommen bis zu meinem zwanzigsten Lebensjahr. Ich war auch nicht gut gekleidet! Ich war dann sehr herabgekommen. Wann ich hübscher war, so hab ich nicht den Anlaß gegeben. Ich war zurückhaltend, nicht frivol! Mein Mann hat mir versprochen, daß er mir das nie zum Vorwurf machen wird, und er hat es mir trotzdem gemacht als Vorwurf. Oh! Dann hab ich bekommen eine Depression, daß ich geglaubt hab, ich komm um. Den ganzen Krieg ka Depression gehabt. Es ist ums Überleben gegangen. Aber mein Mann hat mir, er soll es mir verzeihen, mein Mann hat mir viel Unrecht getan. Er war eifersüchtig. Ich bin zum Rabbiner gegangen, ich hab es mir nicht gefallen lassen. Hab ich gesagt zum Herrn Rabbiner: Herr Rabbiner, hab ich gesagt, mein Mann, der schreit mir auf solche Sachen, aber ich hab einen Krieg mitgemacht, und er hat mir versprochen, daß er nicht erwähnen wird. Ich hab mich bekennt vor die Hochzeit, und jetzt macht er mir die Hölle! Ich weiß nicht, ist das richtig, ist das nicht richtig? Darf er das tun? Der Rabbiner hat sich eingeschaltet. Hat mich bei sich in der Wohnung warten lassen, sich noch einen Mann dazugenommen als Zeuge, geht zu meinem Mann in die Wohnung, sagt: Was erlauben Sie sich Ihrer Frau gegenüber? Ist Ihre Frau nicht genug keusch? Sagt er: Ich? Meine Frau? Meine Frau ist eine anständige Frau! Dann, aber warum schreien Sie ihr dann auf solche Sachen? Ja, Herr Rabbiner, das mach ich nur in meiner Wut! In meiner Wut tu ich lügen! Ich sprech Ihnen die Wahrheit nur beim Sinne! Der Rabbiner kommt zurück, sagt: Zahlen Sie ihm aus, gehen Sie nicht nach Hause. Haben Sie eine Freundin, wo Sie schlafen können? Justament, hat er gesagt, gehen Sie dorthin! Er soll sich gut den Kopf zerbrechen, wo Sie sind. Mein Mann hat aber gewußt. Hat sie angerufen, diese Freundin. Ist gekommen gestiegen, hat alle Versprechungen gemacht. Aber sehen Sie, da hab ich doch noch Depression bekommen. Und wann er rückfällig geworden ist, hab ich gesagt: Was hat dir gesagt der Rabbiner? Daß du mußt dich beherrschen können! Mit deiner Zunge! Er: Der Rabbiner kann mich gernhaben! Jetzt lachen Sie darüber. Aber das macht doch eine Hölle aus einer Ehe!

Madame, es war eine Vergewaltigung. Aber nicht nur ich alleine. Wir waren drei Frauen. Wir sind abgeführt geworden. Die zwei, die waren solche Schmugglerinnen. Im Zug haben diese Männer uns abgefangen.

Also, man hat mich wieder geschnappt, und ich bin davongelaufen. Bin zurück in die Station, in Warteraum. Es hat gepackt dort ein Mann seine Pakete mit Spagat. Die Leute haben ja solche Binkel gehabt, Flüchtlinge oder Händler, und jemand hat dort gekniet und hat gepackt besser seine paar Pakete. Ich seh dort rollen den Spagat, bin hin zu diesem Mann, hab gesagt: Bitte, geben Sie mir a Stückl. Zu was brauchen Sie das? Ich brauch das! Geben Sie mir so irgendwie einen Meter, zwei von dem Spagat. Er hat abgeschnitten, hat mir gegeben. Wissen Sie, zu was ich gebraucht hab? Die Stiefel sind zugrunde gegangen.

Also, wir warten auf den Zug. Endlich kommt der Zug, Richtung Warschau. Per Lautsprecher ist das angesagt worden, auf welchem Perron. Und die Leute, die diese Richtung genommen haben, sind dorthin gegangen. Das war dritte Klasse, nur mit solche Holzbretter. Ach, zusammengewürfelt, voll mit Pakete, weiß ich, wieviel Menschen. Man ist gestanden, man hat geraucht, es war ka Platz. Man ist gesessen auf die Binkeln. Ich bin auf den WC. Die Sohlen haben sich bei die Stöckel durchgebrochen. Von einem Stiefelloch hat das Wasser hereingekrochen, von andern heraus! Und ich hab mir gebunden diese Stöckel an den Fußrist. Weil sonst bin ich ja gestanden neben die Stöckel!

Gut, ich komme zurück. Man fuhr. Man stieg aus. Weil diese Züge haben müssen stehenbleiben. Das war auch für Militär gewesen. Hat es geheißen: Aussteigen. Warten. Hat man müssen warten. Hat es wieder geheißen: Einsteigen. Jetzt, zittern. Gottes willen, kommt eine Razzia, kommt keine? Kommt a Patrouille, kommt ka Patrouille? Vor dem Kondukteur hab ich keine Angst gehabt. Der hat mir abgezwickt das Billet, fertig. Nur vor Ausweise hab ich Angst gehabt. Also, auf einmal kommen herein drei Uniformierte. Ein großer, vielleicht a hundertachtzig groß, und zwei etwas niedrigere. Ausweise! Gottes willen, na, jetzt hab ich es. Die Leute haben aber gehabt Ausweise. Was tragen Sie im Korb? Was haben Sie da? Was haben Sie dort? Suchen durch die Pakete, verstehen Sie. Einer hat gehabt dort Schnaps, einer hat gehabt Wurst. Was weiß ich, was die Leute dort getragen haben. Es waren solche Händler auch.

Dann kommen sie zu mir. Ausweis, sagt der Langer. Ich kram heraus meinen Schein, wo ich ausgebessert hab mit falscher Tinte den Geburtsdatum. Er schaut ihn sich an, schaut mich an. Gibt mir zurück. Und so ein Augenzwinker war zwischen diese Männer, so wie die Männer das schon tun, wissen Sie? Und sind weitergegangen. In nächsten Waggon.

Auf einmal bleibt der Zug stehen. Warschau, Station. Und ich will gehen. Und noch zwei Frauen wollen gehen. Schöne junge Frauen mit Körbe. Solche rotbackige, gesunde. Also, wir drei dürfen nicht gehen. Der Uniformierter laßt uns nicht weg, der Langer. Eine schaut die andere an. Die zwei haben Angst gehabt um ihre Ware. Ich hab Angst gehabt um meinen Leben! Wir sind geblieben. Da steht a Wache neben uns. Und auf einmal kommt sich gestiegen dieser Langer mit dem zweiten und führt uns alle drei ab. Er sagt, er bringt uns auf den Kommando. Aber er hat uns geführt in eine Baracke. Jeder einzelne hat gehabt in dieser Baracke sein Abgeteiltes, mit so einer dünnen Wand. A Feldbett, a Aufhänger für das Uniform, a Spiegel zum Rasieren. So haben sie dort geschlafen. Und man schafft die Mädel da hineingehen, dort hineingehen, und ich dort hinein. Fertig. Er macht die Türe zu, dieser Langer. Er hat mich ausgewählt. Dieser Großer! Und die andere zwei haben diese zwei bekommen. In Gottes willen, denk ich mir, was ist das für ein Kommando? Auf einmal hör ich so Wassergeplatschel, solches Pfeifen. Ein Lied hat er gepfiffen. Aber es war kein moderner Schlager. Ich hab ja diese Schlager gekennt, wissen Sie. Weiß der Teufel, von was für Land der gewesen ist. Es war kein deutsches Lied. Ich hab doch so manches gekannt, so manche Melodie. Es war ka polnisches Lied, es war irgendwie, wer weiß, vielleicht a ruthenisches. Oder auch von Ungarn. Etwas fremd. Oder er hat nicht pfeifen können. Es ist nicht melodisch gewesen. Der hat gepfiffen, und es hat ka Sinn gehabt.

Ich bin nicht gescheiter geworden von dem! Ja, ich achte, ich horche. In so einem schrecklichen Situation spitzt man doch die Ohren!

Auf einmal macht sich auf die Türe. Der Mann steht in Trainierhosen. Abgelegt die Uniform. Wahrscheinlich hat sich draußen gewaschen. Und solche Sporthose. Es war couliert. Irgendwie mausgrau ist das gewesen. Es war dort so ein kleines Lamperl, so a Art Licht, gnädige Frau. Man hat schon a bissel gesehen. Ach, wie war er nicht schön, dieser Mann! Er hat gehabt so eine kleine Stirn, wissen Sie, kleine Stirn, schwarze Haare. Solche kleine Augen, solche boshafte. Nicht intelligente Augen. Wie sagt man, heimtückische? Nicht einmal hinterlistig! Heimtückische! Und schlechtes Deutsch. Er war ka Deutscher, ka Preuße. Er war ein Volksdeutscher. Ka Pole. Vielleicht ein Kroate. Oder ein Ungar. Nein, ein Ungar war es auch nicht. Also, es hat nicht geklungen so gut. Gnädige Frau, er hat wollen anfangen mit Gutem. Er ist nicht grob gewesen. Aber ich hab nicht wollen in seine Nähe kommen. Da hat er mich abgefraßt. Ich hätte die Wand durchgesprengt, um von dem Bett herauszukommen. Bei uns Juden, eine solche Sache ist eine Schande. Ich war noch a Mädchen gewesen.

Er hat mir sonst nichts getan, nicht geschlagen. Aber in meine Augen war er a Verbrecher. Wann er gewußt hätte, ich bin a Jüdin, er hätte mir schon getan! Vielleicht sogar umgebracht. Aber er hat mich behandelt als Polin, verstehen Sie?

Den nächsten Tag hat er mich eingesperrt. Hab ich nicht gewußt, was ich soll tun. Ich sitz dort und sitz. Nach einer Zeit kommt er zurück und bringt mir a Semmelwurst. Stellen Sie sich vor, sagt er zu mir: Eß etwas! Aber eines sage ich dir, schön hast du dich nicht benommen! Und mit diese Papiere, was du hast, da kommst du in Warschau nicht weit! Er hat sich ausgekennt, dieser Mensch. Ich hab nichts gesagt. Ich hab gewartet, bis wohin er will. Dann sagt er zu mir: No, und was hast du eigentlich vor? Sag ich: Ich will mir an Posten suchen irgendwie in einem Haushalt. Lacht er. Na, na, sagt er, mit so einem Dokument kommst du hier nicht vorwärts. Hat etwas durchgeblickt, wahrscheinlich. Oder nicht? Aber eines werde ich dir doch helfen, sagt er, ich werde dir entgegenkommen. Ich führe dich wohin, dort gehst du hinein, zeigst das Dokument und sagst, daß du willst arbeiten. Mehr gar nicht. Das andere wird sich von selbst ergeben.

Stellen Sie sich vor, er hat sich wahrscheinlich irgendwie freigemacht von seinem Posten. Oder hat er freigehabt. Ich weiß nicht. Jetzt marschiert er mit mir heraus. Ich schau mich um. Gottes willen, das war nicht nur eine Baracke! Das waren mehrere Baracken dort verstreut! Und vis-à-vis war der Bahnhof. Also, er geht mit mir. Und ich mit diese angebundene Stiefel, mit dem Spagat. Jedem Menschen hab ich geschaut auf die Schuh. Hab mir gedacht, die Leute werden glauben, wer weiß wer ich bin. Jeder hat einen Schuh an, einen besseren, schlechteren, und ich geh da mit Spagat. Das ist doch irgendwie auffallend. Ist doch a Großstadt! Aber was hab ich machen sollen? Er ist mit mir marschiert. Auf einmal passieren wir eine Gegend, wo ein dichter Rauch war bis zum Himmel herauf. Der Himmel gefärbt rot, und Menschen, umeinander, schaulustig. Flammen bis zum Himmel und schwarze Wolken. Haben sie gesagt, die Wanzen werden dort verbrennt von die Juden.

Ich hab so Blick dorthin geworfen. Seh dieses schreckliche Rauchzeug und diesen roten Himmel, frag ich ihn: Was ist das? Sagt er, ja, das ist das jüdische Ghetto. Jetzt sind sie alle krepiert dort. Aber so scharf hat er das gesagt. Und die Leute, gar kein Stückl Mitleid oder Rührung hab ich gemerkt aus die Gesichter. Aber es waren auch viele solche, die Freude daran gehabt haben.

Der größte Teil waren Weiber. Es waren dort auch Männer, aber die Männer haben mehr geschwiegen. Die Männer waren so eher ernst, wissen Sie? Aber die Weiber haben geachtet. Viele haben gegrinst. Und er, dieser Zeug, was mich da geführt hat, hat auch gezählt zu die, die Satisfaktion gehabt haben.

Auf einmal bleibt er stehen vor ein großes Gebäude und zeigt mir ein Tor. Geh hinein, dort wird man dich empfangen, du wirst vorlegen dein Dokument und wirst sagen, daß du willst Arbeit haben.

Ich bin hinein in diesen Tor, und durch den Korridor war sichtbar ein Hof. Hohe Stockwerke mit lauter kleine Fenster. Ein Kriminal vielleicht, hab ich mir gedacht. Auf einmal kommt zu mir in Zivil ein älterer Herr. Was wollen Sie? Ja, Arbeit. Na, gut. Haben Sie Papiere? Ich hab ihm gegeben. Der Alter schaut auf den Schein, schaut auf mich. Gut, Sie gehen am Stockwerk. Dort steht auf polnisch geschrieben: Frauenabteilung. Ich komme hinein, und der hat sich den Schein behalten, der Mann. Viele Mädchen, junge Frauen waren da. Und sie haben mich befohlen, ja sie befohlen mich ganz einfach! Daß ich mich setze auf ein Strohsackl. Hat man Sie bei einer Razzia erwischt? Wissen Sie, wir werden alle verfrachtet zu Zwangsarbeit nach Deutschland! Das muß gewesen sein a Kaserne einmal. Es war dort doch alles so primitiv eingerichtet. Neugierige sind gekommen, haben wollen verschiedenes von mir erfahren. Polinnen. Echte Polinnen. Christinnen. Eine merkte meine Stiefel und gibt mir ein Paar

Schuh. Aber ohne Fersen und ohne Spitz. Das war offener Schuh, für den Monat Februar noch zu kalt. Aber immerhin menschlicher ausgesehen als diese zerrissene Stiefel.

Ich werf weg die Stiefel, zieh an die Schuh, bedanke mich. Dann hat man uns gegeben Rübensuppe.

Nächsten Tag war Musterung. Durch das Korridor wurde durchgegeben mit Lautsprecher, man soll auf diesen und diesen Korridor eintreffen. Gänzlich entkleiden. Mit Desinfektionszeug einschmieren. Das hat gestunken! Und so sind wir gestanden einen halben Tag. Vielleicht fünfzig Meter vor uns eine Reihe Männer. Auch eingeschmiert. Man hat müssen a paar Schritte vorwärts machen, umgedreht, per einzeln, vor die Ärzte geführt. Damit man uns sehen soll. Hat uns abgehorcht das Herz, der Arzt, und dann haben wir dürfen zurück und haben bekommen aufs neu eine Rübensuppe, kein Brot. Den nächsten Tag hat man uns gerufen in die Kanzlei per Lautsprecher nach Namen, separat jeder. Aber a Schmarrn hat jemand geforscht nach dem Dokument, gnädige Frau. Wir waren so wie die Viecher. Arbeitsviecher. Man hat nicht gefragt. Es ist uns zur Auswahl gestanden, entweder nach Deutschland oder nach Österreich. Ich hab wollen nach Österreich. Mein Vater war doch k. u. k., und auch meine Großeltern haben sich als Österreicher gezählt.

Tag darauf sind wir versammelt geworden. Man hat uns einwaggoniert in einen Zug Richtung Kattowitz, Oppawa, Moravska, Ostrava, das ist Mährisch-Ostrau. Das kann ich mich genau erinnern. Wir waren der letzte Waggon. Eine Bagage, wissen Sie. Wir haben zu ka Menschen gezählt. Das war der Abschaum aus Warschau. Und dann Bahnhof Wien.

Wir sind angekommen in der Nacht. Ich hab aufgeatmet. Hab gedacht, vielleicht wird das hier leichter sein. Die Österreicher sind doch nicht solche schlechte Menschen. Ich hab irgendwie so a Vorstellung gehabt. Gnädige Frau, ich hab es mir eingeredet.

Also, ich war dabei, und eine Russin war dabei. Die hat geheißen Elena Oslow. Mit einem Vater. Sie hat den Vater bei sich gehabt, einen alten Vater mit grauem Schnurrbart. Dieses Mädchen war eine schöne Russin, eine junge Russin.

Den nächsten Tag kommt ein Bauingenieur in Zivil, ein älterer Herr, sucht von der Partie aus, vielleicht zwanzig Männer, mich und die Russin. Und die fangt an zu schreien: Mein Papa! Mein Papa! Und zu weinen. Und dieser Ingenieur sagt: Was ist mein Papa, mein Papa? Und sie zeigt mit dem Finger, daß dort ist ihr Papa geblieben. Also hat dieser Ingenieur gesagt, daß der Papa soll auch mitkommen. Dann hat man gebracht einen Lastwagen, und man hat uns aufgeladen. Man hat uns geführt ins Lager Langenlebarn. Und in diesem Lager haben gewohnt fast zehn Nationen. Solche gefangene Italiener, Russen, Tschechen, was Sie wollen, Polacken und alles mögliche. In solche Baracken.

Die Russin ist gekommen zu einer Familie. Ihr Vater und diese Polacken geblieben in der Baracke. Ich bin gewesen bei einer weißruthenischen Familie. Vater, Mutter und vier Kinder. Haben gehabt vier Stockbetten in dieser einen Abteilung. Ich unten, und über mir eine Französin.

Jeden Tag haben wir gearbeitet auf dem Flugplatz, und die Russin und ich, wir haben geholfen beim Kochen. Der Koch war ein französischer Kriegsgefangener. Das Frühstück und Nachtmahl war sehr knapp, und das Mittagessen hat müssen werden schnell zubereitet auf dem Arbeitsplatz in so einer Baracke. Und dieser Franzose hat gekocht. Wir zwei Mädel haben mitgeholfen. Wir haben sogar serviert. Erst haben gegessen die Franzosen, dann haben gekriegt die Polacken zu essen. Aber das ist in Töpfen gekocht worden, solche größere Töpfe, für diese Mannsbilder.

Man hat uns fotografiert, aber wir haben keine Papier bekommen, gar nix. In die Hand haben wir nichts gekriegt. Ein Fotograf ist gekommen, hat Bilder gemacht, und wir haben bekommen auch irgendwelche Brotscheine, auch auf a bissel Marmelade, etwas Wurst. Solche Bonus haben wir zugeteilt gekriegt, ja? Hab ich gesagt: Ich brauch ka Marmelade, ich brauch ka Zucker, ich brauch ka Wurst! Mir geben Sie nur Brot. Hab alle Bonus weggeschenkt. Und gewunschen mir, wann ich werde erleben den Ende des Krieges, werde ich mich so mit Brot anessen, daß ich zerplatzen werde. Die anderen haben sich kapriziert, um sich zu versüßen.

Mein Vater hat erzählt, wie er war am Balkan, ich weiß nicht, bei welche Kompanie, verwundet ist er auch geworden, am rechten Arm, und ka Groschen Rente hat er gekriegt, weil das Reich ist auseinandergefallen. Verschiedene Fränkels waren dort, Doktoren sogar. Ich hab mir heraussuchen lassen, hab aber meinen Vater nicht gefunden. Aber mehrere Fränkels, und genau so sich geschrieben wie mein Vater. Sehen Sie, die galizianische Juden, die waren schrecklich patriotisch. Und mein Vater hat erzählt, daß die Zunge war ihm direkt wund geworden von diesem Brot. Er hat nicht gegessen Schweinefleisch. Also, was hat er gemacht? Hat er getauscht mit die Soldaten für Brot. Dann hat man ihm gegeben das Brot, und er hat ihnen gegeben die Menage, das ist, glaube ich, ein französisches Wort für Essen, und beim Militär heißt die Menage Mittagsmahl, Nachtmahl, es gibt Menageteller und so weiter. Kaffee hat er getrunken und Brot gegessen. Stellen Sie sich vor, wie hartnäckig. Trefe, na logisch, das bedeutet unrein. Aber es muß deshalb nicht unrein sein. Nur im jüdischen Sinne, verstehen Sie. Sagen wir, ein Schweinefleisch ist bei uns unrein. Warum? Weil der Schwein hat damals gehabt diese Trichinien, und da hat Moses verboten den Juden, das zu essen. Und koscher ist noch, daß man aufpaßt zu essen nicht Milch mit Fleisch zusammen. Das ist irgendwie ein Gesetz. Aber es muß einen Grund haben. Es darf auch das Tier nicht gehaut werden beim Töten. Einen Schnitt darf man nur geben. Gelingt das nicht, darf es nicht gegessen werden, das Fleisch, weil das Tier hat Qualen gehabt. Und man muß es weichen lassen eine halbe Stunde, weil der Schreck des Todes in dem Tier noch steckt. Und da hab ich mich erinnert an meinen Vater, wann ich getauscht hab im Lager. Es war da noch ein Franzose, der war auch ein Brillenträger. Er hätte altersmäßig fast mein Vater sein können. Er war vielleicht achtunddreißig, vierzig Jahre. Aber ein humorvoller Mensch. Und so gebrochen deutsch hat er gesprochen. Comme ci, comme ça, hat er immer gesagt, na, Mademoiselle? Comme ci, comme ça! Travaillez, travaillez, hat er gesagt, non, non! Pas travailler! Ich soll nicht so viel arbeiten. Non, non! Das hab ich mir irgendwie gemerkt. Und er war so ein Humorvoller. Aus Lyon ist er gewesen, der Travaillez. A städtischer Mensch. Und manches Mal, nach dem Essen, ist er noch sitzen geblieben, hat sich seine Zigarette geraucht, bequem. Er hat auch herrliche Hände gehabt, gepflegte. Hat er sich bequem gemacht, hat sich seine Zigarette geraucht, hat es gar nicht eilig gehabt.

Ach, ich sag Ihnen, ich hab gesehen einen Amerikaner, der ist gegangen mit solche gefilzte Stiefel, als die Deutschen haben ihn als Parachut gefangengenommen. Hab ich das erste Mal gesehen einen Amerikaner. Die sind so geflogen, die Flak hat sie heruntergeknallt, und die armen Teufel haben sich nicht gekannt anders retten, nur durch diese Parachuten, und er ist irgendwie in einem Feld gelandet, man hat ihn verraten, und schon sind sie dorthin und haben ihn gefangengenommen. Wie der ausgeschaut hat! Mit so gesenktem Kopf ist er gegangen, dieser Mensch. Dann hat man gesprochen im Lager, daß sie ihm ausgestochen haben die Augen. Wahrscheinlich haben sie ihn erpressen wollen. Ein anderer ist ihnen hereingefallen in die Donau und hat sich ertrunken mit dem Parachut zusammen. Aber bei diesem Franzosen bin ich gesessen. Ich hab herausgefunden, das ist irgendwie ein Geist. Und so wie ich nicht verstanden hab, was er redet, hab ich mich manchmal doch dort hingesetzt und hab so ein bissel ihm zugehört. Der Küchenchef hat das nicht sehen wollen. Entweder war er eifersüchtig oder was weiß ich, hat ihn das getroffen irgendwie?

Eines Abends haben wir gehabt Flugalarm. Wie sagt man das? Schrecklichen Fliegeralarm. Auf einmal hat man aufgerissen alle Tore, hat uns geschafft alle herauszulaufen ins Freie. Um zwölf Uhr in der Nacht.

Also, heraus ins Feld. Ich auch. Gottes willen, hab ich gedacht, na, jetzt trifft mich noch da eine Bombe! Zu Gott hab ich nur gebetet, wann mich etwas treffen soll, ich soll auf der

Stelle tot sein. Ich soll kein Krüppel werden. Eine Hand verlieren, einen Fuß verlieren? Ich soll tot sein! Auf einmal lauf ich ins Feld, hör ich schreien: oh, là, là! Mademoiselle! Das war dieser mit dem Augenglas. Und neben ihm sind ein paar gelegen, solche Franzosen. Das waren Kriegsgefangene, Soldaten, vielleicht Offiziere. Er muß auch ein Offizier gewesen sein, dieser Travaillez. Sehr feine Hände hat er gehabt. Oh, là là! Mademoiselle! Und ich hab gleich erkannt seine Stimme. Bin ich stehengeblieben. Da hat er mir geschafft, ich soll zu ihm kommen. Und dort sind ein paar auch noch gelegen, auseinandergestreut sind wir dort gelegen. Er hat gleich aufgegraben so eine Anhöhe. Soldat, sehen Sie. Und kaum ist ein Flugzeug geflogen, hat er gepackt mit der Hand meinen Kopf und hat mir hereingedrückt in den Loch hinein den Kopf, in die Erde so hineingedrückt. Und auf einmal haben aufgeleuchtet Luftballone, was die Deutschen, die Flak gemacht haben. Der Himmel ist Ihnen hell gewesen! Man hat gesehen alles. Na, jetzt hab ich mir gedacht, jetzt werden wir es aber kriegen. Die Flugzeuge gesehen. Alles! Will Ihnen nur gesagt haben, das war ein schreckliches Bombardement. Den Flugplatz hat man zerstört mit diese Jagdflieger. Das ist alles so zerhaut geworden. Einen Schmarren haben gekannt die Deutschen etwas machen. Alles lauter Wracks geblieben. Erledigt war die Geschichte! Dann ist abgeblasen geworden der Alarm, und wir sind zurückgegangen.

Diese junge Russin hat sich mit ihrem Vater sehr abgegeben, und sie hat nicht geduldet Intimeres, wie sagt man, Zuneigung? Ich hab keinen Anschluß gehabt in diesem Lager. Sie war um diesen Vater sehr besorgt, und die Französin war dumm. Ich hab sie nicht verstanden, sie hat mich nicht verstanden. Ich hab versucht mit den Händen, mit das und jenes. Nix zu machen. Sie war zu blöd. Und dieser Weißrusse, der hat gehabt eine Tochter, die war vielleicht drei Jahre jünger als ich. Ich hab versucht, mit ihr mich ein bissel zu befreunden. Auf einmal kommt sie mir mit Geschichten, fangt an zu erzählen, in wen sie nicht alles verliebt ist. Na, hab ich mir gedacht, das ist für mich keine Geschichte. Das ist für mich keine Bekanntschaft. Hab ich sie laufen gelassen. Und am Sonntag haben wir nicht gearbeitet. Ich bin geblieben dort bei diesen Weißrussen. Die Frau hat gekocht. Man hat zu essen gegeben. Ich hab auch gekriegt. Der Alte ist gesessen bei der Bibel. Er war vielleicht ein fünfzigjähriger Mensch, und ich bin dort manchmal bei ihm gesessen, und er war ein, wie sagt man, er hat nicht schreiben können. Analphabet. Aber lesen hat er können. Er war auch ein Fütterer von Angorahasen, die hat man im Lager gezüchtet. Obzwar er nicht hat schreiben können, er war sehr gläubig und hat vorgelesen, und der hat gesagt so zu mir: Das alles kann kein gutes Ende nehmen. Das ist eine gottlose Geschichte. Er hat gesehen in seinem Dorf bei Bialystok, und die anderen Bauern dort haben auch gesehen, wie die Zigeuner von SS bei lebendigem Leib begraben wurden, daß Stunden hat sich noch die Erde gehoben, weil die Menschen dort erstickt sind. Eine gottlose Geschichte, hat er gesagt.

Madame, er ist geworden sogar mein Komplize. Er hat mir verholfen zur Flucht. Ich hätte wahrscheinlich nicht überlebt ohne ihn. Weil ich hätte verschickt werden sollen mit vielleicht zwanzig Polen. Man hat mich ja nicht gefangengehalten als Jüdin. Man hat mir gegeben ein P. Ich war die Polin. Und ich bin davongelaufen vor dem Transport, und der Alter hat mich versteckt unter einem Kasten. Und wann man mich hat gesucht, er hat gesagt, daß ich bin nicht hier. So daß der Zug mit den Polen ist abgefahren ohne mich. Und ich bin ohne Billet nach Wien gefahren. Die Gendarmerie hat mich erwischt, und im Kriminal beim Franz-Joseph-Bahnhof hat mir eine dicke Aufseherin mit einem Gummiknüppel so einen Hieb übern Kopp gegeben, daß ich geglaubt habe, ich fall in Ohnmacht. Der Schädel hat mir noch weh getan wochenlang von diesem Hieb. Ich bin verhört geworden. Aber weil ich nichts angestellt habe, nur nicht hab gehen wollen mit zwanzig Männer in eine Steingrube, hat mich die Gendarmerie wieder entlassen.

Diese Aufseherin, von rückwärts, Madame, wie ich in einer Reihe gestanden bin, um einen halben Liter Kaffee und fünfzehn Deka Brot, bei der Gelegenheit hat sie mir mit dem Gummiknüppel gegeben!

Also, der Baumeister, dieser Ingenieur, ist persönlich gekommen mich abholen, und wir sind gefahren nach Tulln. Dort habe ich einige Wochen in einem Gasthaus gearbeitet. Aber geschlafen im Lager. Dann hat dieser Ingenieur arrangiert, daß mein Dokument vom Lager herauskommt. Und ich bin zugeteilt geworden zur Landarbeit zu einem Bauern, sehr reich. Sehen Sie, ich will niemandem unrecht tun. So genau paßt es mir auch nicht, wann man mir ein Unrecht tut. Wir Juden sagen: Tue dem Nächsten nicht das, was dir nicht passen würde, wann er dir das tut! Und dieser Bauer war ein schlechter Mensch. Er hat mich gejagt von einer Arbeit zu zweiter, bin ich gewesen durchnäßt vom Regen, beim Kartoffelgraben, hab ich müssen, ohne Zeit zu haben, andere Wäsche zu wechseln, wieder ins Feld und mit der Sense Futter schneiden für die Kühe. Der Wind hat mich durchgeblasen, und ich bin erkrankt auf Gelenksentzündung, gekommen in Spital mit vierzig Grad Fieber. Ich war doch verhätscheltes Kind gewesen. Mit lauter Muffs und Pelze und Galoschen und Schneeschuh. Man hat aufgepaßt auf mir wie auf einen Zeug, wie wann ich wäre aus Glas. Die Mutter hat sehr aufgepaßt auf mir! Ich soll nicht erkranken. Ich muß irgendwie so heiklig gewesen sein. Ich hab die besten Schuh gehabt, Muffs, Kappen und Schals. Und komm in Spital mit aufgeschwollene Hände und Füße, steifer Rückengrat. Da fangt es in mir an zu weinen. Gottes willen, ich soll nicht sterben unter falschem Namen, römisch-katholisch, warum bin ich nicht vergast worden mit alle zusammen als Jüdin. So hat mir das gekreist im Kopf, dieser Gedanke, daß man wird da mich verscharren. Gottes willen, ich bin Jüdin, ich werde verscharrt werden und man wird dort heraufgeben a holzernes Kreuz und draufschreiben meinen falschen Namen. Mein Gott, warum bin ich nicht zusammen mit meiner Familie umgekommen! Ich wäre mit ihnen mit Schmah Israel gestorben! Das ist, was der Jude ruft, wann er stirbt. Höre Israel! Und jetzt muß ich hier sterben, und man wird mich tun unter ein Kreuz. Mein Gott, was habe ich getan! Schrecklich hab ich bereut. Niemand hab ich dürfen mein Geheimnis anvertrauen. Und ich hab mich nicht gewehrt gegen den Tod, verstehen Sie, aber gegen meine angenommene Identität! Aber, ich hab überstanden die Gefahr. Man hat mich behandelt mit Medikamente, das Essen war gut, alles sauber. Nur, das Aber ist gekommen. Und zwar auf ganz anderem Weg!

Wie ich schon besser gewesen bin in meinem Zustand, kommt zu mir so eine alte Nonne, aus Schlesien. Sie hat verstanden ein bissel Polnisch, und jetzt sagt sie: Es geht Ihnen schon besser, also, Sie werden gehen am Sonntag zur heiligen Messe. In die Kapelle. Hier, im Spital! Sag ich: Ich bin noch nicht in Ordnung.

Nächste Woche kommt sie wieder gestiegen. Aber morgen müssen Sie zur Messe gehen! Also, bleibt mir nichts anderes übrig. Gebetbuch hab ich gehabt, bin ich in die Kapelle gegangen. Und was ich dort gesehen hab, hat mich erschreckt. Ein älterer Mann ist gekniet auf beide Füße, nicht weit vom Altar, hat sich gebeugt, bekreuzigt. Aber das war ein orthodoxer Christ. Und bei jedem Kyrie hat er sich bekreuzt und gebeugt den Kopf so nach vorne. Kommt eine junge, strenge Nonne zu ihm, nimmt ihn mit zwei Finger beim Kragen und werft ihn heraus aus der Kapelle. So. Also, man kann einen von der Kapelle herauswerfen? Wenn ein Mensch kniet und beugt sich in seinem Gebet? Das ist für mich kein Geschäft.

Den nächsten Sonntag hab ich mich eine Stunde jedesmal auf einen anderen Klosett gesetzt, um die Zeit zu verbringen und vor dieser alter Betschwester die Ruh zu haben. Aber es ist ihr nicht entgangen! Sie waren aber nicht bei der heilige Messe! Sie müssen auch zum Beichten gehen! Mir, schwarz vor die Augen. Wie soll ich zum Beichten gehen, wann ich nicht verstehe die Zeremonie? Also, was man dort zu machen hat. Ich bin nicht gegangen.

Gegen Sonntag kommt die Betschwester aufs neu. Sie gehen nicht zur Messe, Sie gehen nicht zur Beichte, glauben Sie nicht an Jesus Christus vielleicht? Na, jetzt hab ich schon gesehen das Ganze. Am Montag bei der Ärztevisite habe ich gesagt, sie sollen mich entlassen, ich will nach Hause. Ein Arzt schaut den andern an. Dann sagt einer: Sie sind noch nicht gesund, Sie müssen hierbleiben. Nein, sage ich, verschreiben Sie mir etwas und lassen Sie mich nach Hause. Sie haben nicht verstanden, aber man hat doch mir gegeben gegen Revers die Entlassung.

Ich bin zurück zu diesem Bauern. Mußte viel zu Fuß gehen vom Zug. Die Finger sind mir abgestorben, weiß wie von einer Leiche, gefühllos. Ich bin schnell müde geworden, hab mich gesetzt auf einen Stein, mehrere Male ausgeruht, bis ich zu dem Bauern gekommen bin. Es war Abend, und der Bauer ist gekommen in meine Kammer und schafft mir, ich soll Kukuruz reiben. Ich hab nicht einmal verstanden, was für Arbeit das ist. Ich habe gesagt, ich bin zu schwach, er soll mir noch ausruhen lassen. Hat er mir gedroht, ich werde kein Essen bekommen. Fangt an mich zu beschimpfen. Polnisches Schwein und so. Ich hab nicht alles verstanden, aber er hat mich geschimpft. Da hab ich ihm gelegt die Faust unter sein Kinn. Ich habe nicht geschlagen ihn, aber so blindlings, unüberlegt. Ich hab ihn angeschrien. Und ihm so gelegt die Faust unter das Kinn. Aber so hab ich ihm gemacht die Faust! Und hab ihm gesagt, daß ich will gehen, daß er mich soll freigeben, ich will bei ihm nicht bleiben.

Gnädige Frau, er hat mich nicht der Polizei übergeben. Er hätte behaupten können, daß ich ihn habe geschlagan. Solcher Bauer war glaubhafter als ich es war. Und ich wäre geköpft geworden, vielleicht, weil sein Sohn trug Hakenkreuzbinde am Arm. Aber die Russen waren schon in Budapest, und er hat Angst gehabt vor die anderen Bauern, die von ihm sagen werden, er hat eine Polin, eine Fremdarbeiterin, der Polizei übergeben. Es ist ja schon geschossen geworden, und die Deutschen haben gemacht den Rückzug aus Wien. Haben sich bei uns, beim Bauern einquartiert, und dann hat es geheißen, die Russen sind schon in Wien, und dann hat es geheißen, die Russen schießen.

Ich hab mich schlafen gelegt. Hab mir gedacht, sollen sie

schießen. Geschlafen wie erschlagen! Wie tot. Ja, sollen sie schießen. Was ist mich das angegangen ?

Dann war die Befreiung. Hat es geheißen, die Russen sind schon da. Nicht wahr, man muß sich verstecken, wegen Vergewaltigung. Ich hab nicht glauben wollen, Ich hab mir die Russen nicht in diesem Sinne in Erinnerung gehabt. Aber ich bin noch vorher auf die Straße heraus, hab ich gesehen deutsche Soldaten liegen tot am Boden. Sind sie gelegen ausgestreckt, Offiziere, herrlich manikürte Nägel, wissen Sie? Abgeknallt von die Russen. Nicht an die Wand. Dort ist ka Wand gewesen.

Dann hab ich mich verkrochen auf den Heuboden, ich. Die Bäuerin ist gekommen, hat gesagt, man muß weg, weil es ist ausgehängt a Zettel von die russische Kommando, man darf nicht sein als Ausländer. Alle Ausländer müssen nach Hause. A Pole nach Polen, a Russe nach Rußland, a Franzose nach Frankreich.

Wie ich gesehen habe diese Leichen, gnädige Frau, hab ich gleichzeitig aber auch gesehen mein eigenes Unglück. Daß ich steh da allein, Gottes willen, meine Mutter, mein Vater, meine Brüder, meine Schwestern. Und ich bin der abgebrochene Zweig! Meine eigene Verzweiflung ist mir aufgestiegen dann, daß ich erst hab begriffen. Ach, so also, hab ich gedacht. Und hab gehört von der Ferne, auf dem Platz, wo ich gestanden bin, so a Ziehharmonika spielen. Das Wolgalied. Es hat mich das aber nicht interessiert. Um mich herum ist alles leer gewesen. Fremd. Mutter, meine, wo bist du! Schmah Israel! Zum Himmel hab ich heraufgeschaut auf a Zeichen. Ich hab gehabt a Vorstellung, daß niemand mehr da ist. Daß überhaupt keine Juden da sind. Ich war verzweifelt. Jetzt soll ich allein leben?

Aber es war ka Zeit zu denken. Man muß weiterleben. Es ist nicht da was anderes. Ich bin Jüdin. Ich versuche Kontakt aufzunehmen. Vielleicht ist doch jemand leben geblieben? Hab ich mir gedacht: Der ewiger Jude! Ich hab sie doch überlebt. Hab sie bitter überlebt. Hab überlebt die Babyloner, hab überlebt die Römer, hab überlebt das Deutsche Reich, das

Tausendjährige. Hast es! Gott, mein Gott, was ist geschehen, hab ich gebetet. Seit zweitausend Jahre! Und ich habe gebetet, daß ich will nicht undankbar sein. Vor Dir, mein Gott, neige ich mein Haupt, sage dreimal: ewig bist Du, Allmächtiger, unser Einziger, Ewiger Gott.